人面疽

——谷崎潤一郎短篇小說選

谷崎潤一郎 著
林水福 譯

目次

編前言

谷崎潤一郎的創作跨越日本明治、大正、昭和時代，他的作品題材殊異、百無禁忌，追求耽美、慾望、官能刺激，呈現了絢爛獨特的大膽風貌。聯合文學在二〇〇四年首度出版谷崎潤一郎的著作《春琴抄》，之後陸續推出《貓與庄造與兩個女人》、《盲目物語》、《吉野葛》、《文章讀本》（以上由賴明珠翻譯），《鍵》、《卍》、《痴人之愛》、《夢浮橋》、《少將滋幹之母》、《細雪》、《瘋癲老人日記》（以上由林水福翻譯），今年規劃出版《人面疽》以饗讀者，這是谷崎在聯合文學的第十三部作品。《人面疽》由林水福翻譯和編選，共收錄六則短篇小說。首篇〈人面疽〉講述了一個驚悚的「戲中戲」；〈柳湯事件〉談虛幻和真實的難辨；〈戀母記〉反映了谷崎對早逝母親的思念；〈秋風〉是描寫自己和小姨子、小姨子的情人出遊的情況；〈殘虐記〉講述廣島原爆受害者的頹然；〈美食俱樂部〉則是谷崎最具代表性的美食小說。喜歡谷崎小說的讀者，更不可錯過《人面疽》這部精采之作。

人面疽

之前聽過二、三次傳聞，由歌川百合枝擔任主角的神祕劇，或說是某部非常不可思議的片子，最近在新宿和澀谷一帶不知名的電影院上映，在東京的郊外巡迴演出。那似乎是她還在美國的時期，以洛杉磯環球公司專屬明星身分演出的各種角色的電影之一。根據看過片子的人說，電影最後的片尾有地球標誌，登場人物除了日本人之外，還有幾個白人。日語片名是「執念」，英語片名的意思則是「人臉形狀的腫起物」，總計五卷底片，被評價為非常具有藝術性、憂鬱，且極其怪奇的逸品。

當然，日本電影院放映百合枝在美國拍攝的片子，這並不是第一次。在她回日本之前，從環球公司進口的五、六部片子裡，有時可以看到她的身影，與歐美女明星為伍也毫不遜色的修長肢體，以及融合西洋嬌豔和東洋楚楚可憐的美貌，早就受到影評人注意。照片上出現的她，似乎具有日本婦人少見的活潑，即使進行帶有冒險性的攝影也能面帶微笑，具有膽識與輕盈的特質，最適合扮演女賊、毒婦、女偵探，還有身手敏捷的角色。尤其是曾在淺草敷島館，上演名為《武士的女兒》的電影，一名被稱為菊子的日本少女，為了探查某國的軍事機密，當起間諜跨足歐亞大陸，化身為藝伎、貴婦人、馬戲演員，百合枝扮演女主角菊子的精彩演技，頓時讓館內的觀眾沸騰。去年她應東京日東電影公司之聘，獲得史無前例的高薪，睽違四、五年後從美國回來，也是因為那部片子廣獲國人喜愛的結果。

然而，百合枝似乎未有演過「人臉腫起物」這部電影的記憶。即使看過那部片子的人，對她詳細說明了故事內容和各個情景，她也完全想不起自己曾經拍過那樣的片子。電影的開頭，是某個溫暖猶如廣重[1]畫作般艷麗、面向南國大海的日本港口——大概是長崎或某處——住在沿海街道的遊廓[2]、一位名叫菖蒲太夫的花魁[3]的故事開始。號稱城中第一美女的花魁，在黃昏時被不知哪裡傳來的尺八[4]聲音所引誘，在足以眺望港灣內景色的青樓三樓，出現了龍宮公主一般艷麗身影，她倚著欄杆，聽得恍惚出神。尺八的主人，則是一個迷戀她多時、卑賤又汙穢的年輕乞丐。生為男人，哪怕只能獲得花魁一夜的青睞，就可以死而無憾——把這個願望深埋心中的青年，怨恨著自己貧窮的境遇，羞愧於醜陋容貌之餘，經常趁著黃昏的昏暗光線，徘徊於海岸碼

1 譯註：歌川廣重（1797 - 1858），江戶時代浮世繪師。
2 譯註：日本江戶時代被政府認可的風月場所。
3 譯註：花魁是江戶時代在吉原遊廓的性工作者中，對地位最高者的稱呼。
4 譯註：竹製的吹管樂器，管長一尺八寸（約五十五公分）而得名。

頭之後，藉著一管笛子，暗中偷窺花魁的臉以為樂。除了這個可憐的乞丐，被她奪去魂魄的男人也相當多；然而，沒有客人獲得她真情的回報。這也是理所當然的，去年春末，她與停泊在這座海港的美國商船船員有了露水姻緣後，日夜忘不了那個白人的面影，並約定今年秋天再會。她等得心焦，每次聽到乞丐的尺八，茫然眺望著大海的帆影，陷入沉思……

這是電影的序幕，不久後美國的船員回到港口。沉溺於菖蒲太夫之愛的白人，無論如何苦思將她帶回故鄉，也沒有籌措龐大贖身金錢之道，於是想要暗中把她從遊廓中帶走，藏在商船底部準備偷渡到美國。他為了實施這個計畫，說服吹笛的乞丐成為搭檔。某天夜裡花魁偷偷從青樓後門跑出來，等在那裡的白人把她裝進大行李箱再放到推車上，並將她交給乞丐，自己則裝作不知情地回到商船。乞丐拖著推車回到位於城外的寂靜海邊，每日為自己遮風擋雨的古寺空屋，把裝了花魁的大行李箱藏在本堂須彌壇旁邊。後續計畫是等到幾天後，白人會在夜深之時划著一艘舢舨船來到廟崖下的海岸邊，從乞丐手中接過行李箱，順利將其放到商船上。乞丐欣然接受白人的拜託，但要求在事成的拂曉時分，要給自己金錢以外的報酬。他說出從未吐露的心中祕密，「替花魁做事，即使捨命也在所不惜。比起為了不成功的戀情所苦，不如幫助那麼傾慕花魁的你一臂之力，讓你二人的愛戀得以完成。這是我對花魁起碼的心意。不過，如果你能稍微同情我這寒傖乞丐的衷情，在花魁藏身古寺之時，或者至少一個晚上，讓我盡情享受她的身體。這是我這一生的願望！……」乞丐以額頭磕地流淚請求。

「……去年春天，自從你的船離開這個港口之後，是我每天佇立在房間欄杆下吹笛，以寬慰花魁的心。身為乞丐，不顧身分地提出過分的請求；如果你能答應，我死了也甘心。萬一事情敗露，罪責由我一個人承擔，無論如何讓我幫忙您到底吧！」如此傾訴的衷情，讓白人也不能冷淡地拒絕他的請求。白人心想雖是自己心愛的戀人，反正到目前為止花魁不知將身子許給了多少男人，為了報答乞丐的親切，就算賣給他一、兩夜之情也沒什麼大不了的——然而聽到這話的當事者菖蒲太夫，僅是從窗格子的縫隙看了一眼乞丐的樣子，就渾身發抖。一向受到客人獻媚討好、任性驕傲的她，要是被那滿身汙垢、面容像鬼一樣的青年，即使只是身體被他的衣襬碰到，也比死還難過。於是她跟白人共謀欺騙乞丐，總之要讓他把行李箱搬到車子上。

白人與乞丐分手後回到商船。乞丐把推車拖到古寺，為了見花魁的面，想在陰暗的本堂佛像前打開行李箱的蓋子。然而，蓋子鎖得緊緊的，怎麼都打不開。他抱著行李箱，對躲在裡邊的花魁傾訴鬱悶之情，恨白人的不守信用。她說：「那個白人不是惡意欺騙你。是匆忙之際忘了給你鑰匙吧?他很快就來了,我讓他打開行李箱,一定會遵守約定。」這般頻頻寬慰乞丐。就這樣過了兩、三天,黎明時分趕到佛寺的白人,對於忘記鑰匙一事幾次向乞丐道歉之後,竟說出「商船馬上要起錨離開港口,實在沒有時間完成你的要求,所以給你這個,請諒解!」並掏出若干金子。乞丐當然不可能欣然接受那樣的東西。「此後將長久無法看到花魁身影的世界,活著也沒什麼意思,因此,如果我的願望能夠達成,就決心投海而亡。即使這樣,你仍然無情欺騙了我。如果花魁那麼討厭我,我也不會這麼無理的要求。當作這一生的回憶,請讓我看一眼她的臉。至少讓我對花魁帶著黃金刺繡光輝燦爛的和服下襬,作最後的親吻!」儘管他一再拜託,但花魁無論如何也不答應。「總之不要把這箱子打開!趕快把這個乞丐趕走,讓我搭船!」她從行李箱發出聲音,催促白人。「真對不起你。不過,我不能違背她的話。另外可惜的是,我今天也忘了帶鑰匙來。」白人為難地辯解著。乞丐說:「好吧!既然這樣我現在就在你眼前從這海岸上跳下去。即便我死了也必然要見到花魁,一旦見了就不得不說些怨恨的話。」她又從皮箱中叫喊:「要死就趕快死吧!」(電影中出現了皮箱的縱切面,多張她豎眉、發脾氣的表情)「我死了之後,我執拗的妄念,我醜陋的臉孔會扎入花魁的皮肉,一輩子纏著她。到那時後悔也來不及了。」

乞丐一說完，就從寺廟前的懸崖跳入大海。白人似乎因此放了心，趕緊從口袋裡拿出鑰匙打開行李箱蓋子，一邊安慰著花魁，彼此分享計謀成功的喜悅——到此為止是第一卷與第二卷的內容。

第三卷以後，是從離開日本的船中，轉換到在白人故鄉美國發生的故事。首先出現的場景，是裡面裝著她的行李箱，和各種雜物一起被丟到船艙角落的光景，與皮箱切面的影像。她從一開始就仰賴存放的水與麵包來維繫生命，在箱子裡面相當無聊，只能雙手抱膝，頭放在膝蓋上縮著身子。經過兩、三天之後，她的右邊膝蓋長出奇怪的腫起物，腫脹得可怕。接著在看似非常柔軟的隆起表面，又開始冒出更細的四個小腫起物，不可思議的是，那腫起物似乎並不讓人感到疼痛，她用手擠壓、輕敲那腫起物的局部。或許是惡意想將它壓碎的關係，柔軟的表面隨著時間日久慢慢地變得堅硬，四個小腫起物的頂端，漸漸浮現出明顯輪廓。四個腫塊中，上方的兩個變成像球的圓形，中間一個變成細長型，最下邊的一個，則是像柔軟芋蟲一般地橫向爬行。皮箱中應該是漆黑一片，但從為了通風而事先留下的小縫隙中照射進來的亮光，使得她的身邊浮現著幽暗朦朧，尤其是在右膝的周圍，鮮明描繪出像是月暈的光圈，如一滴水落下，慢慢暈染滲透。有一次她仔細觀察患部，上方的兩個突起，總讓人覺得酷似生物的眼珠子，中央細長的像鼻子，下方芋蟲形狀的則是嘴唇，這才發現整個腫脹表面毫無疑問像是一張人臉。「是不是我神智不清呢？」——她雖然有過這樣的念頭，可是那是人的臉，沒錯！而且更讓人討厭的是，那像是小孩塗鴉由簡單線條構成的面孔，總覺得像那個乞丐的臉。察覺這件事的一瞬間，她感到莫名的恐怖，頹然低頭倒下暈了過去。

她暈過去脖子下垂，她的頭剛好趴在膝蓋上——在這之間腫起物時刻成長，不過是簡單線條的眼睛、鼻子、嘴巴，像是被賦予生命，開始有了精神和形態，最後活生生就是乞丐臉的樣子，變成真正的人臉。（當然，大小比實物小幾分，被縮小至膝蓋可以容納的程度，巧妙烙印在那裡。）那是那位吹笛青年準備跳入海中發出詛咒語時，帶著憂鬱、深刻執念的表情，像是出自傑出巨匠的雕刻，充滿寂然、哀怨的氛圍。

從此之後，那個人面疽對她展開種種復仇，則是極為悽慘的故事。

船隻抵達美國後，有關腫起物之事，她對戀人嚴加保密，兩個人租房在舊金山郊外生活。白人想要跟她建立家庭，於是辭掉船員工作，去當某間公司的事務員，對她最近變得極為陰沉也感到奇怪，偷偷注意之際，某天晚上終於從偶發事件發現到這個可怕的祕密，準備捨棄她逃走。她為了不讓戀人逃走，在激烈的打鬥間，失手將他的脖子勒得太緊，殺死了他！（怨靈已經附在她的體內，在無意識之間使出極大的腕力。）她在戀人屍體之前，像是暫時失神茫然地佇立著——這時，人面疽就從因打鬥而裂開的長袍下襬處，窺視著白人的屍體。僵硬的顏面肌肉開始蠕動，並發出不懷好意的笑聲。（之後人面疽頻頻變換表情，悲、喜，或怒目吐舌頭，眼淚動不動就潸然落下，或是歪嘴流口水。）——這是最初的復仇，之後，她的命運不斷受到人面疽的迫害威脅。殺了戀人之後，她突然性情大變，成了一個多情大膽的毒婦，本就美麗的容貌加上成倍的優雅，更能發揮嬌美樣貌，不斷欺騙許多白人，謀財害命。有時，被犯罪的幻影責備而夜半驚醒的她，也想改過自新，卻總是遭到人面疽的妨礙，嘲笑她膽小、唆使她做壞事，因此，墮落與悔恨一再重複上演。有時當賣春婦，有時當歌舞雜耍藝人，（這部電影的女主角，有著無論洋裝或和服都相當適合的臉型與體格，這點在電影中表露無遺。）由於境遇的改變，她的舞台從舊金山轉移到紐約，從歐洲各國到來的貴族、富豪、外交官，或是身分高貴的紳士，不知多少人被她迷惑，被活生生地吸了血。她建構了壯麗的豪宅，坐車閒逛，過著被認為是貴婦人的豪奢生活；然而，孤獨時依然受到良心苛責並為此感到困擾。然而越感到困擾，她的肉體卻更加嬌豔，皮膚更有光澤。最後，她跟身為某國侯爵的青年談戀愛，順利結婚了。如果這樣以年輕的侯爵夫人身分，過著平順的日子，將是無比的幸運；然而，事情並沒有這麼順利——某一晚，新婚夫婦邀請了許多客人，舉辦大型夜宴的時候，她那連丈夫也深刻隱瞞的人面疽，終於在滿座高朋中曝露出來！她始終用紗布包住腫起物，穿上堅韌且緊繃的襪子，無論如何不在人前露出膝蓋。那一夜，她在舞蹈室跳得狂熱忘我之際，赤紅的鮮血突然從純白的絹襪中露出，點點滴在地板上。她尚未察覺這點依然繼續迴旋舞動著。侯爵平常就對夫人膝上的繃帶感到奇怪，若無其事到她身旁檢查傷勢——人面疽正在用牙齒咬破襪子，吐出長舌頭，血液從眼睛和鼻子流出，還呵呵地笑著。

她當場發狂，衝回自己的寢室，將刀子刺進胸部倒在床鋪上。她雖然自殺了，人面疽卻似乎還活著，繼續發出笑聲——

這是「人臉形狀腫起物」的大概情節，最後一幕，聽說是展現人面疽表情的「大特寫」。

大抵上，這樣的電影在播放之初，通常會出現原作者和電影導演的姓名，主要演員本名及其所扮演角色的一覽表。然而，只有這部電影，沒寫上作者和導演的名字。不過，只慎重介紹了扮演菖蒲太夫的女明星歌川百合枝，在第一卷穿著侯爵夫人與花魁的衣裳出來致詞。而扮演了比百合枝更為重要角色的吹笛乞丐角色的日本人，究竟是誰？是什麼來歷的明星呢？儘管是張從未見過的臉，卻完全被忽視了。

以上故事是百合枝從愛護自己的兩、三位客人那裡聽來的。那是她本人演出的電影，她一定在某個時候在某處進行拍攝。然而，無論如何她都沒有演出這部電影的記憶。本來，以膠捲拍攝的電影，不像一般戲劇依照故事順序表演，而是根據當時的情況，選擇劇本的場景，不管前後順序進行拍攝。甚至在同一個場所，同時拍攝二或三個完全不同的場景，很多電影明星自己也不清楚拍攝的故事始末。特別是聘請百合枝的環球公司，導演採取了演員絕對不知道情節的拍攝方針。演員不必事先讀劇本或練習，不知道角色的性質，在出場時一決勝負，模仿導演的動作，或哭或笑，一個場景接一個場景拍下來。這樣可以防止演員的錯誤詮釋，不會有像演戲那樣的不自然，表演也較為活潑。基於這樣的考量，美國的公司一般都採用這種方法。因此，在環球公司的四、五年間，百合枝拍攝了無數的場景；然而，那些場面變成什麼樣的戲劇要素？組成了幾部戲？當時的自己也無從想像。這意味著，她就像是附屬於製造大規模機械的齒輪或者彈簧的技術員。確實如此，到目前為止她記得演過多次的花魁和貴婦人。加上擅長演女賊和女偵探，因此扮演著藏身於皮箱，玩弄男人或殺害男人那種光景的經驗極為豐富，甚至已經到了數不清的次數。因此，其中的哪些場景是人面疽的一部分，她心裡絲毫沒譜也並不奇怪。加上這部電影，是熟練的技師運用了特技把腫起物似的乞丐面孔印在她的膝上，所以本人沒有印象更是理所當然。

不過，話雖這麼說，日後看到完成的片子，或者聽到情節時，大抵都能想到那時拍攝的就是這個。何況是長片之中，特別受到好評的影片。但她到今日為止都未曾看過，甚至不知道有這部片子，不可能有這般糊塗事。何況比起其他，她更喜歡欣賞自己在美國時演出的電影，即使再怎麼短的片子，也應該連一部都不會漏掉。她回到日本後，由於懷念洛杉磯的那段時光，且與東京的公司合作不如想像中順利，偶而她在美國時代拍攝的電影，在公園附近放映時，她都會抽空去看。因此，心裡完全沒有印象的人面疽影片，是何時在環球公司拍製，進入到日本來的這個事實，比「人臉的腫起物」更讓百合枝感到不可思議。

說到不可思議，那麼具有藝術性、傑出的片子長久以來被漠視，這陣子突然在郊區的電影院展開輪迴放映也相當不可思議！那部片子究竟什麼時候進入日本的呢？還有是哪一家公司？在哪裡進行首輪放映的呢？出現在東京的郊區之前，影片在哪裡「流浪」呢？她試著詢問同屬一間公司的演員，以及二、三個職員，卻沒有人知道那部片子。有時她想前去觀賞一下，但因為都是在相當遠的郊區，今天青山、明天品川那樣繞來繞去的放映，所以經常錯過機會。

由於自己無法親眼目睹，她對電影的好奇心越來越強烈。環球公司有一位名叫傑佛遜擅長「加深」[5]的技師，經常負責製作特效影片，因此，人面疽的片子恐怕也是靠他的技術所製作出來。那個個性開朗、詼諧的傑佛遜，可能想讓她嚇一跳，盡情地使用了大膽的花招也說不定。除了腫起物的地方，整部片子到處使用特技也未可知。——可是，如果情況是這樣，應該就不能不讓她看那部片子。她對扮演吹笛青年的日本演員，不得不抱著深深的疑惑。受當時雇於環球公司的日本男演員，僅有二、三人。至少可以斷定並非那三人之一，以長崎那樣的港灣為背景，扮成乞丐和她一起站在攝影機前。把醜陋的臉孔永遠留在她那猶如白緞的漂亮膝蓋上的日本人，到底是何方神聖？——百合枝越想像越覺得自己實際上就是菖蒲太夫，被一個怪異的日本人詛咒了。

她心想這部神祕電影的來歷，難道日東攝影公司裡沒有人知道嗎？猛然想到公司裡有一位資歷很深的高級職員，名叫H的男子。那名男子負責與外國公司的商務通信、

5 譯註：原文「焼き込み」、英文Burn。

翻譯英語電影雜誌、故事梗概等事務，對於進入日本的美國電影的製作年代、進口通路、其中出現的演員來歷，似乎知之甚詳。於是她想到如果詢問這名男子，或許可以得到什麼線索。有一天，她登上日墓里攝影廠旁邊的辦公室二樓，輕拍了正在工作的H君的肩膀。

對於她的問題，H眨眨眼睛，以一副極為狼狽的樣子回答：

「……啊，那部片子啊，……我也不是完全不知道……」

接著他環視房間四周，接著站了起來，把百合枝打開進入的那道門關上之後，終於放下心似地直盯著百合枝的臉。

「這麼說來，您也不記得自己曾拍過那樣的電影。那麼是更加不可思議的奇怪影片了。其實，我早就想詢問您這部電影的事，但顧慮到別人會聽到，而且又是有點噁心的電影，結果一直沒有機會請教您，幸好今天沒有其他人在，我可以跟您說；不過，聽了之後，希望您不要心情不好。」

「沒問題的，這麼恐怖的話，我更想聽呀！」

百合枝勉強地笑著說。

「……那部片子其實是這間公司所擁有，之前暫時借給郊區的電影院。公司買下那部片子，確切是在您從美國回來大約一個月之前吧！不是直接向環球公司購買，而是某個橫濱的法國人拿來販賣。那個法國人說，是在上海連同許多別的影片一起買入，長久以來當作家庭娛樂之用。法國人購買以前，曾在中國和南洋殖民地一帶放映過多次，因此損傷嚴重。不過，自從《武士的女兒》之後，您的人氣升高，而且公司也已經準備好您加入公司的合約。再者，雖然片子損傷嚴重，音響和畫面卻都還好，您拍的電影有著特別的味道、風格也相當不同，因此特別以高價購入。買下不久之後，就傳出有關那部電影的奇妙謠言。聽說，一個人在深夜靜悄悄的房間放映那部片子，會有恐怖的事件發生，即使是膽子相當大的男性，也很難把片子看完。然而這個事實是，以前公司雇用的M技師，為了去除片子的模糊之處，某晚在辦公室樓下房間播放片子並檢查損傷時，偶然發現的。最初，沒有人相信M的話；之後，有兩、三個好事者，輪流看了電影後，『確實很奇怪，那部片子是怪物』的傳言就鬧開了。怪事不只有這樣，M技師受到那部電影影響，性情大變，沒多久就辭掉了工作。除了M以外，因為好奇而進行實驗的這些人，之後每晚作惡夢，由於不明的原因而無精打采，接連發生無法理解的事。社長也是進行實驗的人之一，大約半個月後，就罹患病名不明的熱病，而遭受很大的苦頭。如您所知，社長是那種有諸多禁忌、神經質的人，既然如此，連一天都無法忍受將那部片子擺在公司裡。於是，社長痊癒之後馬上召開祕密會議，提出兩個條件：火速把那片子賣給別家公司；解除跟那部片子有關的您的雇用合約。然而，大部分的人反對社長提出的意見。有人說：那麼高價買進來的片子，沒必要眼睜睜看著公司損失，而便宜賣給其他公司。還有人說，片子是一回事，與您的合約都已經簽訂，也支付了大筆訂金，還沒到談判破裂的程度。議論過程激烈，結果產生了一個妥協方案。意即，那部片子出現怪異的現象，是在深夜而且一個人觀賞的時候，所以知道這件事的人很少。如果在公開場合提供給多數人觀賞，就不會有問題吧！因此，既然社長不想把那部片子放在公司裡，可以租借給其他公司一段時間，等待出好價錢的買家出現。這樣跟您解除合約的理由就完全不存在。當然，片子的怪異事件，要是在社會擴散開來，對於您的人氣、影片的價值都會有所損害，因此，即使是公司內部的其他同仁，大家也盡可能不讓他們知道這個事件——立下這樣的規矩。因此，在工作人員和演員流動迅速的今日，連一個知道這個祕密的公司內部人士都沒有也不奇怪。最初，出席祕密會議的高級幹部的意向是，將電影以高額租金租給某家大公司；剛好那時候，公司內部的傾軋和競爭非常激烈，結果未能如預定的實行，不得已租給京都、大阪、名古屋一帶的小電影院。由於沒有透過會在報紙刊登大篇幅廣告的策展人，所以那樣的片子無論在哪裡都沒有受到批評。前陣子，在關西繞了一圈之後，才在東京郊外出現。……那部片子在深夜發生的怪異現象，我只聽過實驗者陳述，不記得自己曾經目睹。不過，在公司買進那部片子，有警察和新聞記者在場的情況下，進行第一次試映時，我是詳細看過整部電影的其中一人。當時讓我感覺奇怪的是，其中扮演乞丐角色的日本演員。在那部電影裡出現的主要男女演員，從您開始，我大概都對臉孔相當熟悉，名字也知道；然而，只有那個日本演員是我從未見過的。至少跟您同一時期在環球公司服務的日本演員有哪些，我知之甚詳。如果我的調查沒錯，女演員除了您以外有E與O二人，男演員應該只有S、K、C三人。……對吧？……然而，扮演乞丐的日本人不是S，也不是K、C。或者這三人之外，還有可能是誰呢？我想詢問您的，就是這件事。」

H說了這麼長的話語後，稍微停了一下。

「除了這三人之外，沒有其他的人，不過，有沒有將我不知道的演員『加深』的情形呢？……我想情況一定是這樣子的。」

「『加深』這件事情，我也考慮過。特效技術名人傑佛遜，我也聽說了，也想過或許是這樣子的狀況；但，即使是傑佛遜所為，採取『加深』的做法，製作精妙的應該只有一或二處。如果全部都是的話，只能說傑佛遜有著超出我們想像之外，靈巧不可思議的秘法。總之，有許多地方相當可疑。因此，大約半年前，我整理了那些疑問，寄給環球公司請求釋疑。不久，公司的回信寄來了，但是內容含糊其詞。依照公司的說法：這裡沒製作過標題為『人面的腫起物』的片子。不過，有些地方使用了片中出現的場面，還有確實製作過情節相似的片子。因此，或許是有人把其他片子的片段加了進去，或者修正一部分和『加深』，製造出這樣的贗品吧？很難相信本公司專屬的演員，會瞞著公司製作那樣的片子。他們每天都要到攝影場，絕對沒有那樣的空閒。再者，百合枝小姐在本公司上班，和她同時被雇用的日本演員，如您所言只有S、K、C三個人。不過，在她之前曾雇用過兩、三個日本人，最近新聘的則有五、六人。因此，在本公司，將她不認識的日本人，往她的片子裡「加深」的事，並非完全不可能，同時具有相當的可能性。此外，本公司可以做到非常困難、破天荒的「加深」技術。不過，能做到什麼程度？怎麼製作？則是屬於公司的祕密，可惜我們不能明確回答您。再者，您詢問的片子就算是贗品，本公司也不可能捨棄，我們想要檢查那部片子作為參考，並能夠提供相當的代價，希望將片子讓給本公司。……大致上，是這樣的意思。結果，那部電影的真相依然未明。還是如同環球公司回信所寫的那樣，有人把情節相似的片子，接上其他的各種片子，加以巧妙的修正或『加深」』，構成一部電影的推論，似乎最有可能。這麼一來，幹得了這種事情的，非傑佛遜之上的高手不可。然而，即使有比傑佛遜更厲害的人，那麼麻煩的事，不會單純是以賺錢為目的而去做，再者跟三更半夜發生的怪事放在一起思考，無疑要有相當的所謂因緣。……我這麼說很奇怪，不過，您住在美國時有沒有做過惹人怨恨的事呢？總覺得那部片子與愛慕您，卻被嫌棄或欺騙的人有關係。我認為那樣的男性怨念，附身於那部影片。」

「請等一下！我不記得曾做過會被怨念附身的壞事。那個腫起物變幻的人臉，整體來說是怎樣的相貌呢？聽說是極為醜陋的男子，不是嗎？」

「是的，是非常恐怖的醜男。分不清是日本人或是南洋土人，膚色黯黑、眼光銳利、肥肥的圓臉，根本就是腫起物那樣臉型的男子。年紀在三十歲左右，比電影裡的您看來還大十歲。是只要看過一次就忘不了的臉孔，所以如果您認識，不可能想不起來。不！不只是您，即使是我們，到目前為止也不知道那男子是何方神聖，說來實在太不可思議了。為什麼呢？因為無論是吹笛乞丐角色的精彩演出，還是變成腫起物之後陰鬱、令人害怕的表情，首先能與那個男子匹敵的演員，只有演《布拉格的大學生》

和《魔像》[6]的主角魏格納[7]。一個具有那種特徵的容貌與技藝的日本人，先不用說在日本國內，連美國的電影雜誌上都沒有照片，甚至連名字都未曾出現過，已經是一個怪誕的事了。到今日為止，那名男子是不在這個世界上的人，是只存在於片子裡的幻影。我們只能這樣相信，別無他法。特別是看過那部片子怪異之處的人們，誰都不認為這名男子有著人類的面容。而是說出了『那個男的是妖怪，應該沒有那樣的演員』，或是『如果不是妖怪，不可能搞出那麼怪異的事』……」

「您說的怪異事件，到底是怎麼樣的情況呢？我想聽看看。儘管剛才已經說明得非常詳細，但是，最重要的怪異事件還沒聽到。……」

「其實，我想不能讓您的精神受損，故意隱忍不說；既然您都這麼問了，那我就說吧！我從後來發瘋的M技師那裡聽到最詳細的經驗談，簡要地說，那部片子的怪異之處在於那張虛幻的男性臉孔。根據M技師長久以來的經驗，電影這種東西如果是在

---

6 譯註：《布拉格的大學生》（*Der Student von Prag*）和《魔像》（*Der Golem*），是分別於一九一三年、一九一五年上映的德國恐怖電影。

7 譯註：Paul Wegener（1874 - 1948），德國演員、編劇、導演。

淺草的電影院，一邊聽著音樂和辯士[8]的說明，在熱鬧的觀眾席上觀賞，會給人清爽、愉快的感覺；然而，要是在晚上一個人，連一根針掉落的聲音都沒有的黑暗室內放映，總覺得像是有妖怪、帶點恐怖的氛圍。要是安靜、寂寞的片子固然會有這樣的感覺；但即使是熱鬧的宴會或格鬥的場景，由於許多人影晃動著而不會產生無生命之感，反而覺得看著片子的自己像是要消失了。其中最恐怖的是特寫鏡頭中的人臉，痴痴笑著的光景——這樣的場面一出現，不由得讓人起雞皮疙瘩，旋轉著齒輪的手也突然停了下來。M技師常說：在那樣的場合，笑臉比發怒的臉更恐怖。又說『由於自己是技師所以還好，如果某位演員獨自一個人觀賞，看到有自己身影出現的片子，會是多麼奇怪的心情呢？一定會覺得片子裡出現的自己才是活著的那個人，而在黑暗中看片子的自己反而是影子。』連一般的電影都會給人這樣地感覺，何況是『有著人臉腫起物』的片子。我們大致上可以想像得到，深夜在這個日暮里辦公室中空盪盪的放映室，一個人看片子時的心情！聽說大約從第一卷吹笛乞丐出現的剎那，就會有像是刺到胸口、全身浸水的感覺，或是某種不尋常的想像襲擊而來。那部片子的損傷嚴重，儘管

8 譯註：無聲電影的解說員。

處處模糊不清，但完全不構成妨礙，反而助長了陰鬱的效果，您說這妙不妙呢？即使如此，從第一卷到二卷、三卷、四卷，還可以忍受著看下去；到了第五卷的結尾，身為菖蒲太夫的侯爵夫人發狂自殺時，接下來出現的場面，如果安靜專注地看著，在恐怖之餘大部分的人也會有短暫暈倒的感覺。那個畫面，是從您右腳的下半，膝蓋到腳趾的大特寫，如同先前所說在膝蓋冒出來的腫起物，露出最嚴肅的表情，像要抹去妄念似地歪著嘴，發出一種獨特、像哭的笑聲——他說，那突然出現的笑聲，極其輕微可是又很清楚，毫無疑問地能夠聽到。M技師認為那是如果外部有一點雜音、注意力稍微分散，就聽不到的聲音，因此，要聽得到必須側耳。有時那笑聲在公開的場合放映時應該能聽得到，但恐怕沒有人察覺到吧！——怎麼樣？您聽了這個故事，心情應該不會太好！其實，我忘了說，這部片子即將轉讓給環球公司，兩、三天前從巢鴨的大正館拿回來以後，眼下就放在辨公室的架子上。社長嚴禁在社內放映，但是直接看底片的話就沒問題。如何？我在場的情況下讓您看一部分怎麼樣？總之，您只要看到那張乞丐的臉，或許就能得到解開這謎題的線索。……」

H等到百合枝充滿好奇的瞳孔發出亮光並點頭同意後，從旁邊架子上放著的五個鋁製圓罐中，取下收藏了第一卷和第五卷的罐子。然後在桌上打開蓋子，把像鋼鐵般閃亮的底片拉得長長的，朝向明亮的窗戶方向，讓百合枝觀看。

「您看！這就是乞丐男子。……」

H說道，接著讓她看第五卷中，在膝蓋上加深、腫起的臉。

「……吶！就是這樣，這裡變成腫起物。我也知道這的確就是『加深』。您對這名男子有印象嗎？」

「沒有。我不記得這樣的男子。」她說。

那是她不需要搜尋過去的記憶，就能確定不認識的日本男人臉孔。

「可是H桑，這是『加深』沒錯，所以在某個地方應該存在著這名男子！不會真的是幽靈吧？」

「可是有一個地方是無論如何『加深』都做不到的！您看這裡，這是第五卷正中間的部分。女主角反抗腫起物，想把臉撥掉，臉孔卻咬住她的手腕，把右拇指夾在齒間不放。您的五根手指掙扎、感到痛苦。這是不管怎麼『加深』都做不到的呀！」

H說著話，一邊將底片遞到百合枝的手上，點上香菸，在房間裡踱來踱去，自言自語地接著說——

「……這份底片要是成了環球公司的東西，會面臨怎麼樣的命運呢？我想那間精打細算的公司，一定會將它複製成好幾部，然後堂堂正正地賣出去吧！一定是這樣子，錯不了的。」

大正七年，一九一八年

柳湯事件

那個青年來到位於上野山下、某律師S博士的辦公室拜訪，是在某個夏夜九點半左右。

碰巧當時我也在樓上老博士的房間，坐在大書桌的對面，正想從博士口中探聽最近有無可作為小說材料的犯罪事件。我這麼寫讀者大概可以猜到，博士從以前就是我的小說讀者。每當我前去拜訪，他都很樂意提供我新的寫作素材。與其看半生不熟的偵探小說，不如從刑事方面名氣大，更不用說法學素養，甚至連文學、心理學、精神病學都有深刻認識的老博士那裡，傾聽他多年承辦案件中的種種犯人祕辛，來得更有趣味。

話說那位青年敲房門時，如前述是某個夏夜九點鐘過後，房間裡只有博士和我二人。博士溫和可親，臉頰的鬍鬚已白，露出和藹微笑，用電扇吹著寬鬆的亞麻布衣服。我手肘靠在面臨遠處上野山常盤花壇燈火的窗邊，一邊吃著博士招待的冰淇淋，談論最近社會新聞沸騰一時的龍泉町殺人事件之中，一般大眾不知道的種種細節。二人最開始只顧著談話，青年從階梯走上來時，應該會聽到的腳步聲完全被遺漏了，因此，突然間有人敲響木板門，讓人略感意外。而博士稍微朝門口方向瞄了一眼，只說了一句：

「請進！」

似乎想繼續剛才的話題。博士可能以為服務生有事上來，要是我或許也會這麼想。在這間辦公室上班的人，到了傍晚大概都回家了，因此，除了住在樓下的服務生之外，現在這個時候如果沒有人帶領的話不可能上來二樓。我以為會有旋轉把手的聲音，卻出現了像拖曳著重物的鞋子咚咚聲，一個陌生青年踉蹌地進入室內。

「這，這應該是相當大尾的犯人啊！」

一瞬間，連我都有了這樣的直覺，無疑的博士當然比我早就察覺到。實際上，當時青年的表情比在戲劇或電影裡看到的更為悽慘。光是那睜得極大像是要凸出來一樣的黑色眼睛，無論哪個普通人都會認為他就是個異常的犯罪者。博士和我不約而同地變了臉色。已經習慣這種場合的博士，作出手勢輕輕制止了慌忙準備從椅子上站起來的我，同時以沉著、絲毫不敢大意的態度，警戒似地凝視那位青年。

青年走到距離二人對坐的桌前兩、三步之處，突然停下腳步，默默地朝這邊回瞪。

博士語氣柔和地問道：

「你是誰？來這裡有什麼事？」

青年依然直瞪著眼睛，什麼也沒有回答。不！似乎是想馬上回答，然而，因為呼吸過於急促，甚至連嘴巴也張不開的樣子。從那過於激烈的喘氣、呈現紫色的嘴唇、一團散亂的頭髮來判斷，他可能是從街上一口氣跑過來，好不容易才跑到這裡來吧！他很快閉上眼睛，一隻手按在撲通跳動的心臟上面，一副上氣不接下氣，拚命地想在兩、三分鐘之內，讓興奮的神經鎮靜下來的樣子。

那位青年看來二十七、八歲，模樣骯髒所以有些老態；不過最多不超過三十吧！瘦而細長的身體，穿著陳舊深色帶有白斑點的西裝，沒戴帽子、被抓得凌亂猶如稻草屑的頭髮蓋在青白額頭上，打著波希米亞領帶。剛開始我從青年肩上附著著像是顏料的點點髒汙，推測他大概是名油漆工！可是，很快地又發現了他臉上有著對工人來說更高貴的氣質。青年心跳逐漸平穩，紫色嘴唇漸漸帶有血色時，他才緩緩睜開眼睛；但是，瞳孔中的情緒像是還在作惡夢。他不看博士的臉，頭部稍微低下，稍長時間裡視線一直注視著桌上。桌上只有我剛剛拿在手上吃的冰淇淋杯子，和桌上型電話而已。他用著像是很稀奇的眼神，一直注視著冰淇淋的杯子。是因為剛才氣喘吁吁、口乾，所以想吃冰淇淋吧！剎那間我這麼想著。青年注視冰淇淋的眼神，與其說稀奇，毋寧說是深刻懷疑的眼神，很快地，他的臉上瀰漫著難以形容的恐怖表情。舉例來說的話，他是以宛如看穿妖怪真相的懦弱眼神，懷疑地瞪著黏稠的冰淇淋。然後，他向前一步，更加仔細地看了冰淇淋杯子以後，才放下心嘆了口氣。從剛才開始，博士一直靜靜地觀察，對於青年那我不能理解的不可思議動作，就像是等待著這個時候，語氣溫柔地質問他：

「你是誰？來這裡有什麼事？」

這次博士稱呼他的用語較為客氣，因為博士和我後來都察覺到這個青年不是地位卑下的工人。

青年吞下一口口水，大大眨了兩、三次眼睛。然後像是感到身處險境似地，深深警戒的眼神朝剛才走進的門口望去，彷彿有恐怖的東西從後邊追趕過來，顯得坐立不安。

「對不起！我沒有通報，突然跑上來，實在非常失禮！」

青年說著，才慌忙低頭行禮。

「您——對不起，您是S博士嗎？我是住在車坂町叫K的畫師，剛剛去前邊的湯屋，回程找到這裡來……」

確實，青年的右手拿著毛巾和肥皂盒子。從他穿著西裝自湯屋來到這裡的情況來看，除了身上這一件，他連更換的浴衣都沒帶嗎？只有長髮的髮尾潮濕帶著濕氣，手和臉上的乾淨模樣都沒有剛泡過澡的色澤。

「……我今天無論如何都想見先生，才從湯屋拚命地跑過來。我其實想要請人傳達，但碰巧沒見到半個人……由於事態緊急，所以擅自跑到這裡來。失禮之處請容我慎重道歉！」

青年說話的速度稍微慢了下來，可是眼中依然散發著不安的情緒，明顯看出他想沉靜下來卻越來越焦急，精神也更加亢奮。他把右手拿著的肥皂盒放進口袋，雙手邊擰乾濕毛巾，邊以速度極快、有時幾乎聽不清楚的嘶啞聲音說完上述話語。

「那麼你找我有什麼急事呢？坐在那裡，慢慢說吧！」

博士說著，便勸他坐到椅子上，視線稍微朝向我邊回過頭說：

「在這裡的這位，是我非常信賴的人，所以你不用擔心，有什麼話儘管放心說吧！」

「好！謝謝。其實，我有件事誠懇希望先生能聽我說，在這之前無論如何都想拜託您。今夜，我說不定犯下了殺人的大罪。我用說不定，是因為自己也無法判斷是否真正殺了人。我剛才聽到許多人用手指著我，說我『殺人』。我對此置之不理急忙跑到這裡來，在這談話之間說不定追趕者就會到來。可是，我又有另外的想法，那些全都是毫無跡證的夢，不過是我的幻想罷了。今夜的殺人如果是事實，其中有太多兜不攏的地方，因為我從以前就習慣有時會看到幻覺，所以今夜的事情，哪些是真的？我自己也完全不知道。如果發生了殺人事件，下手的人或許不是我，或者從頭根本就沒有發生殺人事件。聽到『殺人了』的叫聲，有人從後面追趕過來，或許只是我的錯覺。我不是為了逃避自己的罪過才說這些話。我在先生面前，一五一十地說出今夜的事件，想請先生判斷我到底是不是令人憎恨的罪人。如果今夜發生的殺人事件是事實，即使下手的人是我，我也絕非心懷罪惡的壞人，我犯下的罪是因為自己的幻覺作祟，希望先生能夠幫我證明。因此，萬一有人追到這二樓來，在我的話沒有說完之前，無論如何請不要把我交給警察，這是我想事先拜託的。我、像我這樣病態的人受到某種不可抗拒的力量所威脅而犯罪，能夠理解那種心理狀況並進行辯護的人，我相信除了先生之外再無他人。即使沒有今夜的事件，我也早就想拜訪先生，所以先生可以聽我訴說請託之事嗎？故事相當長，直到說完為止可以讓我藏身在這個房間嗎？當然說完之後，如果我的罪證充分，我發誓會去自首……」

一口氣說到這裡，青年怯怯地仰視著眼光溫和中又帶銳利的老博士面容。一剎那老博士的臉上，滿溢未曾見過的威嚴，且具有頭腦清晰學者的品格與權威。一直注視著對方的青年，不管是否為可憎罪人，無疑的他是正直的年輕人吧！博士不久表現出寬大的態度，說了如下的話。

「好！到你說完為止，我保護你的身體。你似乎還很激動，靜下心來慢慢說！」

「謝謝！」青年開始說，語調感傷。

終於他坐到椅子上，在三個人圍坐桌子的情況下，緩緩說出以下的話：

「在說出今晚發生的事情之前，我應該從哪裡切入話題才好呢？這件事是從哪裡開始、在哪裡發生？什麼時候發生？我越想越複雜，覺得必須無限回溯過去的問題。為了說明今夜事件的性質，恐怕有必要毫無保留地披露我到目前為止的人生。或者不得不詳細說明我的出生，甚至是雙親的特徵也說不定。可是沒有時間講述那些雜七雜八的事情，所以我只簡單說明自己發狂的血統、從十七歲開始患有嚴重神經衰弱的事，以及現在說是以油畫為業，但繪畫技術卻拙劣到讓人丟臉，過著極為窮困生活的事。希望您能先同意這些請求，仔細聆聽我現在要說的話，我想至少讓先生能夠了解我所目擊的不可思議世界，和經驗過的苦悶，是怎樣的東西。

我住的地方，如同剛才提到是在車坂町，電車街後邊一條街上叫正念寺的淨土宗寺院境內。我租借了那裡的大雜院，從去年年底跟某個女人同居。某個女人——是的，就親密程度而言，稱呼為妻子似乎也不為過。然而，她跟我的關係卻和一般夫妻大不相同，因此，還是以某個女人稱呼她。不！還是叫她的名字，瑠璃子吧！因為隨著話題的進行，她的名字會經常被提到。

老實說，我是因為瑠璃子的關係，同樣地瑠璃子也因為我的關係，才陷入如今這般窮困的境遇。我現在並不後悔，但是瑠璃子似乎有著種種不平。她在日本橋當藝妓的時候，如果沒有和跟我這個像流氓的人私奔，現在一定會被有來頭的人帶走過著富裕的日子吧！這種想法整年盤據在她的心中。我現在也瘋狂地疼愛她，可是，性格多情、淫蕩的她看來早就對我不滿。她有時故意大吵大鬧再憤然離家出走，或是無緣無故就去找男性朋友不到深夜不回家，即使不做這些，也盡是做出讓本就深陷嫉妒的我越發神經激動的事。那時候，我幾乎成了狂人。對自己發狂的行為，了解到了可怕的程度。氣上心頭時我抓住她頸後的頭髮，讓她的身體像陀螺一樣繞著團團轉，最後不知多少次想要殺她。然而，瑠璃子並非會因此而害怕的弱女子。有時候，我在她面前合掌，額頭貼在榻榻米上哀求與她和睦共處。然而，我這般態度所造成的結果，不過是讓她的態度更為傲慢和任性。當然她變成如今這個樣子，我不能說沒有過錯。從去年左右開始，我除了神經衰弱之外又罹患了嚴重的糖尿病。因此，雖然我有著疼愛她肉體的心情，卻無法充分滿足她心裡的慾望，我想這無疑是擴大二人不和的重要原因。

實際上，這對她那樣健康又多情的女人來說，或許是更加無法忍受的苦惱。就這樣不知何時，向來極為健康的她漸漸變得歇斯底里，常常胡亂生氣、焦躁不安。看到瑠璃子紅潤有光澤的臉逐漸變得蒼白消瘦，我既心疼同時又感到相當愉快。我的心情是那麼頹廢又病態。瑠璃子的歇斯底里更以兩倍的力量，對我的神經衰弱帶來糟糕的影響。先生大概也知道糖尿病這種疾病與神經衰弱有多麼密切的關係吧！再者，您也知道不必那麼擔心肥胖者的糖尿病，可是像我這樣瘦弱的人所罹患的糖尿病極為惡性。我的情形，到底是糖尿病使得神經衰弱變嚴重了？還是恰恰相反？到底是哪邊先發生呢？無從得知。總之，這兩種疾病互為關連，連手讓我的身心一天比一天衰弱。我不斷思考瑠璃子的事，產生種種幻覺和幻想。無論在睡覺或醒著，老是做著奇怪的夢。其中，最讓我苦惱的是，自己會不會被瑠璃子殺了的恐懼。即使這樣，對於藝術我還沒有全然的絕望。雖然現在沉溺在瑠璃子的愛裡，我平時就不斷祈求，至少留下一件傑出的藝術品再死，也算是活在這世上的證明。再怎麼墮落，過著多麼頹廢的生活，我仍然堅決相信藝術的生命是不朽的。如果現在我不幸被那個女的殺死了，我在世上存在過的足跡將永遠被埋葬。對我來說這是最恐怖的。可能是心裡想著自己『今天會被殺呢？』『還是明天會被殺呢？』的緣故，我始終受到幻想嚴重的侵擾。半夜醒過來，瑠璃子悄悄地跨坐在我身上，用森然冷冽的剃刀抵住我的喉頭，或是血液從我的眉頭滴滴答答流下來，把不可思議的麻醉藥塗在我的衣襟上，我實際看到、感覺到這樣的場景，也時而發生快要暈倒的事情。因為這個緣故，瑠璃子從不以腕力抵抗我。她雖然是個乖僻、淫蕩的女人，被我暴打的時候卻像個死人一般軟趴趴的，唇邊浮起諷刺的微笑，放軟身體任由我踢打。然而，她的態度讓我的心更加殘暴。她一直忍耐著，那無動於衷、滿不在乎的表情，讓我越看越覺得恐怖。偶而她表現出前所未有的溫柔態度，反而讓我提高警覺。甚至連她拿來的一杯酒或一杯水，我都不敢輕易入口。我想與其最後被她殺死，不如我先把她殺掉來得安全。究竟是我被殺，還是她被殺？反正二人之間已逐漸醞釀出血腥的犯罪，我覺得這是顯而易見的事實。

我預定在這個秋天的展覽會上，展出以她為模特兒的裸體畫，卻因為這個情況而毫無進展。剛好從上個月底開始，二人幾乎每天都在吵架，因此我無法提起筆來。我病態的腦筋加上對工作的不滿隨之而來的自暴自棄，讓生活變得越來越絕望，在這半個月左右的時間裡，我每天的工作就只是重複著責打、溺愛、崇拜、哀求瑠璃子的循環。一天之內，我對她的感情變化就像貓的眼睛。我用盡力氣責打她，下一個瞬間又淚流滿面將她緊緊抱住。但如果她仍然不聽話，我又踢打她。在這樣的騷動之後，她一定悄然消失，離家出走個半天或一天，或者到第二天早上為止。我一人默默留在家裡，連哭泣發怒的力氣都沒有，抱著麻痺的腦袋，彷彿暈過去似地，躺平朦朧看著時間的經過而已。

就在四、五天前，我們再次發生了這樣的騷動。那次比平常吵得厲害，我抱著如果發瘋就讓它發瘋的自暴自棄態度大發雷霆。吵架是從傍晚開始的，一直持續到晚上九點左右，我把她揍得半死。她披頭散髮，啪地倒在走廊旁的木板房間裡，我用餘光看著她，一溜煙地衝到街上，在那一帶晃來晃去。為什麼從家裡跑出來呢？因為我想瑠璃子一定會離開家，我不想看到這個場景，所以準備制敵機先。要問在哪裡怎麼走的，我現在已經記不清楚；穿過上野森林的黑暗，從動物園後方往池端方向走去時，我終於清醒了，嘆了一口氣。大概是我熱燙的腦袋接觸到冷空氣覺得舒服，不知不覺地往人跡稀少、寂靜的方向走去。從那裡經過納涼博覽會前面，走上觀月橋往上野方向過來的時候，我的意識多少開始恢復正常，模糊地知道自己現在站在什麼樣的場合。同時，或許是過於粗暴的關係，就像是從高處掉下來一般，身體的各個關節感到疼痛。然而，我的意識一半像是做夢似的模模糊糊，腦中像吹起了無關緊要的暴風，絲毫沒有人的情緒。剛才跟我吵架、被我狠狠揍了一頓的女性身影，有時像遠處的響聲掠過腦海，可是，即使注視她的面影，我既不特別想念也不悲傷。不久，我走到熱鬧、人們熙來攘往、燈光明亮的街道上。咦？我走到哪裡去了？定睛一看，那裡是廣小路的電車道，夜店林立，我在雜沓納涼客之間穿梭，毫無目標走著——那晚大概是摩利支天菩薩[9]的生日，不然就是因為星期六晚上或什麼，很多參觀博覽會的民眾走在街上。那個地方雖然平常也很熱鬧，但是當晚的人潮特別多——那種熱鬧讓人有點暈眩，但絕不是擾亂自己腦筋的東西，而是像平常聽的交響樂那樣，有著開朗、愉快、美好的感覺。我的個性並不喜歡人潮擁擠的街道，只有那一晚因為神經錯亂，才有了那樣的感覺吧！無論是在我左右熙來攘往的行人、色彩、音響、光線等事物，都沒有在我腦中留下任何鮮明的印象，只是像幻燈片一樣模糊經過而已，但無疑的給了我這樣滑稽的心情。例如我獨自一人從高處，俯瞰下界雜沓的心情。孩提時期，因為某事被母親斥責而走到街上，淚眼看著馬路，那覺得模糊，看來像是很遙遠的景色。那一晚，我就是看到這樣的光景。

9 譯註：是日本佛教中極為重要的護法本尊，在日本歷史上，摩利支天以其無窮的法力聞名，成為許多貴族和武士心中的精神信仰。

然後，是的，大概經過三十分鐘左右吧！我從廣小路逐漸往車坂的方向折返，當然並不是有很明確的意志要回家，說不定從那裡又往淺草的方向走去。從車坂車站往右轉在電車通走了五、六百公尺，左邊有間名叫「柳湯」的湯屋，先生知道吧！走到湯屋之前，我是想去洗澡。事先聲明，我從以前開始就有在頭腦不清時泡澡的習慣。對我來說，精神的憂鬱與肉體的不潔給人同樣的感覺。心情沉悶時，就像體內堆積了汙垢、發出惡臭那樣。心情沉悶得厲害時，就算進入澡堂再怎麼清洗，總覺得汙垢和惡臭不容易被洗掉。這麼說來，我像是整年都在泡澡的潔癖症患者；其實，大部分時候我是連進澡堂的力氣都沒有、沉浸於鬱悶的時候居多。長時間習慣精神憂鬱的結果，反而讓我享受起肉體的不潔——那無可言喻的頹廢、不潔、如同淤泥的混濁心情——對於那種心情，我甚至感到懷念。那一晚來到柳湯前時，我心想如果進去泡澡，那麼這半個月來的黯淡心情，即使只是暫時的也多少會變舒坦吧！

不管是澡堂、理髮店，我都沒有固定前往的店家，而是有著走在馬路上，因為動了心、遇到了就進去光顧的習慣。那一晚，幸好口袋裡有十圓硬幣，因此偶然進入柳湯。然而，進去裡面一看，才發現是我從未去過的湯屋。不，老實說，直到當晚經過那裡為止，我根本沒察覺到那裡有間湯屋。或者說我察覺到了，可是，直到那時為止我完全忘記了這件事。在此有一件事要先說明，我剛才離開家是在九點零幾分，之後經過了幾個小時？至少有三個小時吧！但因為是夏季的晚上，湯屋的熱鬧才剛開始，擁擠得很呀！廣大的熱氣籠罩著澡堂，一片霧濛濛的，所以裡面到底有多大也不得而知。然而桶子和洗身體處的板子濕滑，不是間很乾淨的澡堂。當然可能是夜已深，有很多人進來過這裡，所以才那麼髒也說不定。總之，由於客人非常多，連要搶到一個小水桶都得花費相當功夫。說到浴池的擁擠更是尤甚，在我周圍就有五、六個客人抓住浴池邊緣，對著像是待洗芋頭一般擠得滿滿的裸體客人，尋找肩與肩的空隙，準備伺機擠進去。我愣了一會兒，用租來的毛巾掬水往背部澆下，不久看到浴池正中央總算有點空隙，於是便硬擠進去。身體一浸下去，池水像溫熱的唾液般濕黏，一股臭味撲鼻而來。在我身體前後浴客的臉和肌膚，讓我想起卡里埃[10]畫作的那股朦朧，感覺像是無數幻影在那裡飄蕩。如同剛才所說，我擠進的位置是浴池的正中央，除了濛濛熱氣，其他幾乎什麼也看不到。看向天花板是熱氣，視線前方也是熱氣，左右都是熱氣，只有旁邊五、六個人的輪廓，看來就像幽靈般模糊不清。在那種場合，男湯和女

10 譯註：Eugène Carrière（1849 - 1906），法國象徵主義畫家。

湯兩邊的浴池充滿著鼎沸的人聲，籠罩著水蒸氣的高聳天花板上迴盪著噪音，以及包圍我全身的溫暖熱水之感，如果這些東西都沒有了，我就和進入深山幽谷的濃霧中毫無不同吧！實際上，當時我也跟在廣小路晃蕩的人群一樣，被孤獨又像夢境般愉悅的不可思議氛圍所包圍。

這個澡堂不太乾淨，浸泡在浴池裡那種感覺更強烈。浴池的邊緣、底部，還有這裡的熱水，一切都溫熱黏膩，就像嘴裡含著東西那樣黏稠。我這麼說好像自己感覺多麼不愉快似的，但其實也沒有到那種程度。在這裡我不得不坦白自己異常性癖的一部分。不知為什麼我天生喜歡觸摸黏稠的東西。

例如蒟蒻，我不用等到將蒟蒻放進口中，光是用手觸摸，或者單純看著它震顫的樣子，就有一種快感。還有瓊膠、水飴、牙膏、蛇、水銀、蛞蝓、山藥泥、肥胖女人的肉體——這所有的東西，不管它是不是吃的，都一樣會撩撥我的快感。我喜歡繪畫，或許也是喜愛這種物質的意念，逐漸高亢的結果吧！我想您看了我畫的靜物就會明白！我只有在繪製水溝泥那樣黏糊，或是像水飴一樣黏稠的物體才顯得非常高明，因此，朋友們甚至給了我黏稠派的封號。我的觸覺對黏稠物體特別發達，芋頭的黏稠、鼻涕的黏稠、腐爛香蕉的黏稠即使閉著眼睛觸摸，這樣的東西，我也能馬上知道這是什麼。因此，那一晚泡在微髒的黏稠熱水裡，腳掌接觸浴池底部，反而產生了一種快感。不久後連自己的身體都覺得黏膩，連附近泡湯者的肌膚，都像沾染熱水那樣黏稠發光，我動了想觸摸看看的念頭。這麼想著的當下，我的腳底踩到了像生海苔那樣黏膩、鰻魚那樣滑溜溜，而又更為黏稠的物體。感覺像是把腳伸進古沼澤中踩到死青蛙。我用腳尖試探一下，猶如海藻纏繞似地黏住我兩邊的小腿，很快地更黏稠、像流動物體的塊狀物突然撫摸了我的腳背。最初我以為是皮膚病患者的藥布或藥膏，跟著繃帶一起沉入浴池融化。然而，試探了一陣子就知道不是那麼小的東西。不僅如此，踩著那個流動物體走了兩、三步後，黏稠的程度越來越高，最後用腳勾起了像橡膠一般的沉重物體。那個像是橡膠的物體表面，包裹著痰一般的黏液，用力一踩的話馬上就會滑走。我不理會這些，繼續踩踏著，有些黏稠的東西高高隆起，有些地方則是凹下去後又慢慢隆起，長度大約十公尺的彎曲物體在浴池底部飄蕩。我想用手把那個東西撈起來看看；然而，就在一剎那，突然有個非常可怕的聯想掠過腦海，我不禁悚然縮回了手。當時我心中突然閃過，那纏繞著我的小腿像海藻的物體，會不會是女人的頭髮呢？女人的頭髮？是的，那的確是女人長長的頭髮糾纏在一起。而那像是橡膠沉甸甸的東西，是人的肉體沒錯！女人的屍體飄蕩在浴池底。

不！不可能有這麼奇怪的事。現在，在這座浴池裡，除了我以外不是還有許多人嗎？大家不都是平常的臉孔嗎？我改變想法，可是那黏稠的東西依然纏在我的小腿間，腳下的東西膨脹起來。我異常敏銳的觸覺，即使是腳底，怎麼可能錯誤判斷那個物體呢？——那是人類的，而且是女人的屍骸，對我來說毫無疑義。即使如此，我還是從頭到腳再踩了一遍看看，果然沒錯。連接在像頭部的圓形東西之下，是細長凹陷的頸部，接著是高聳像山丘隆起的胸尖則是乳房，腹部、雙腳，無疑地具備著人體的形狀。我當然懷疑自己是不是在作夢？如果不是作夢，不可能有這麼奇怪的事。

我現在在哪裡？蓋著棉被睡覺？我這麼想著並環顧四周，依然是濛濛熱氣籠罩，聽到嘰哩呱啦的吵雜聲，自己前後二、三個浴客的輪廓，依然模糊如夢似幻。在朦朧熱氣的世界，逐漸轉淡變薄的情景，只能說是夢。是夢！是夢！我心想一定是夢沒錯。不！老實說，我還是半信半疑。我狡猾地硬是將它說成夢。我在心裡唸著，如果是夢，就不要醒過來，讓我看到像夢一般的不可思議光景吧！做更有趣、更荒誕的夢吧！如果是夢希望快點醒過來，這是人之常情，而我卻剛好相反。我是那麼相信夢的價值，認為夢是可以信賴的。更極端地說，比起現實我更是以夢為基礎來生活的男子。因此，雖然已經知道那是夢，但現實感並不會馬上退去。做夢，就跟吃美食、穿華服一樣，有著某種現實的快樂。

我以作夢般的趣味心情，用腳撥動那具屍體。然而，不幸的是那種樂趣並不長久。怎麼說呢？因為我在認定是夢之後，很快地發現了恐怖的事實。我腳底那敏銳的觸覺——啊，多麼可被詛咒、致命的觸覺！我感覺到那不只是具女性的屍體，而且連那女人是誰都告訴我了！像昆布一樣黏膩纏住小腿的頭髮，那大量、蓬鬆，而且像風一樣飄散的頭髮，不是她又會是誰呢？我最初喜歡上她，就是因為這頭頭髮。這件事我如何忘得了呢？不僅如此，那像棉一樣柔軟、像蛇一樣滑溜的全身質感，那有如塗抹葛湯般黏稠發光的肌膚觸感——不是她又會是誰呢？很快地我的腳尖有如眼尖感受到她鼻子的形狀、額頭的樣子、眼睛的地方、嘴唇的位置。是的，不管怎麼說，那無疑是瑠璃子沒錯。瑠璃子死在這裡！

那時，這個熱水的不可思議一下子全部解開了！我果然不是做夢，而是遇到了瑠璃子的幽靈。通常，幽靈會侵入到人的視覺；然而，我的情況是侵入到觸覺。我碰到她的幽靈了，鐵定是這樣沒錯！我剛才離開家時將已將她揍個半死，一定是那時候誤殺了她。她倒在走廊上沒有站起來，其實是當時她已經死了。而後成為幽靈出現在這座澡堂。如果不是幽靈，這麼多的客人不可能沒有人察覺到。我終於殺了人！——遲早會犯下的罪行，終於在今夜實行了——湧上這個念頭的同時，我起了疙瘩，連身體也沒洗就馬上逃離浴池，衝到大馬路上。外頭依然熱鬧，此時在那裡乘涼的客人依舊絡繹不絕，電車一台接一台地急駛而過。似乎想證明除了我以外的世界什麼都沒有改變。

我腦中已經把瑠璃子頹然倒在走廊的樣子，與沉澱到浴池底部、黏膩的屍體觸感合而為一，並深刻烙印其中。在之後的二、三小時間，直到深夜的馬路悄然無聲為止，我帶著多麼悲慘的心情，毫無目的在路上晃蕩呢？我想不待說明，您大概也能了解吧！總之，我先回去自己的住處，確認這可怕事件的真相，要是證實自己犯了殺人罪，就決定明天坦然地前去自首。縱使我以外的世界毫無變化，至少我不得不相信瑠璃子已經不在這個世上。如果瑠璃子還活著，沉在浴池底的屍體不是她的幽靈，會顯得更加不自然。

然而，那一晚夜深後我回到家一看，不可思議的是，瑠璃子還好好的活著。要是平常，她習慣吵架之後離家出走，但那一晚可能被我揍得太厲害了，連移動身體的力氣都沒有。她還是跟之前一樣趴在地上，人事不知，頭髮依舊蓬鬆散亂——可是是活著的。其實，我認為那也是幽靈不是嗎？那一夜直到天亮，瑠璃子一直在我的身邊。

當然，我沒跟她或任何人提起湯屋的事。如果這世界上有生靈[11]的話，昨夜看到的一定是生靈，我這麼想著。到目前為止，我也見過許多奇怪的幻覺，可是，昨夜的屍體，如果被認定成單純的幻覺，未免太不可思議了。除了我之外，有人見過那麼不可思議的幻覺嗎？

從那以後到今晚為止，連續四晚我都在同一時刻到柳湯去看看。結果如何呢？那具屍體每晚都沉在浴池底的正中央，總是飄蕩著舔拭我的腳底。在經常人聲鼎沸、擁擠，熱氣籠罩的洗身體空間中。如果只是這樣倒也還好，終於我忍不住了，直到目前都只是用腳尖觸碰，今夜索性將兩手伸進屍體的腋下，用力將其從浴池底撈起來看看。於是——我的想像果然沒錯。那的確是她的生靈。在溫熱的水垢裡發光，眼睛和嘴巴大張，屍身的頭髮猶如海藻拖曳，浮在浴池水面上的死氣臉龐，沒錯，就是瑠璃子的面孔。……我慌忙地又把屍體壓入浴池底部，接著拚命從浴池上來，迅速換好衣服準備向外頭衝出去。一瞬間，澡堂突然吵了起來，在那之前悠然洗著身體的許多浴客都站起來，開始叫喊著『殺人了！』『殺人了！』我也聽到『就是他！就是他！現在穿

11 譯註：活著的人因某些因素而靈魂出竅。

著西服出去的那個傢伙！』我大驚，不知穿過了幾條小巷，終於一口氣跑到這裡來。

話說到這裡，我絕對沒有說謊。最初我看到那具屍體，以為是做夢，接著又懷疑是幽靈，最後我相信是生靈，不過從今夜那許多人的喧鬧看來，應該不是生靈也不是幽靈，而是她真正的屍體吧？我如同大家所說的那樣『殺人』了嗎？如果是，我是在什麼時候用什麼手段殺死她的呢？我是像夢遊者那樣，在自己無意識的狀態下犯下大罪嗎？即使是這樣，她的屍體沉在浴池底部，究竟是什麼原因？雖然那具屍體這陣子都在那裡，為什麼直到今夜為止，其他人都不知道呢？或者是說從前陣子到今夜為止所發生的事，只不過是我的幻覺嗎？我患了嚴重的精神病？先生，請為我說明這不可思議的事件吧！如果我是罪人，請向法官證明我的陳述毫無虛偽！今夜我從湯屋跑出來的瞬間，突然想到如果是先生的話，一定能夠諒解我不可思議的立場，因此才突然上來拜託您！」

那個青年的告白到此結束。S博士聽了之後回答道，總之不帶那名青年到柳湯去看看，無法了解真相。然而，不用那麼麻煩，尋找青年去向的幾個警察很快地追到辦公室來，馬上就把他帶走了。根據警察對博士說的話，那個青年當晚在柳湯浴池中，無意間抓到一個男子的重要部位導致其死亡。被殺的男子連聲音都沒發出一下子就暈過去了，沉沒到浴池底部。他實在死得太快了，加上浴池裡非常混雜，大家一下子沒有察覺到。然而當青年撈起屍體時，有一個浴客看到，接著眾人就喧擾了起來。

青年的情婦瑠璃子當然沒有被殺。後來她以證人身分出庭，我從擔任該事件辯護律師的S博士那裡聽到的內容是，她在法庭上的陳述成為了青年是名奇怪狂人的有力證據。

對於青年平常的行動，她的陳述如下：

「我討厭他，並不是因為他不工作，也不是有了其他男人。其實是一年比一年嚴重的發瘋，太過可怕！他最近盡是對我做些無理的變態要求。把沒有的事說成看到的事實，然後虐待我、責罰我。然而他處罰的方式又非常奇妙，例如把我壓住，用塑膠製的海綿吸足肥皂水，在我的眼睛鼻子上塗抹，或者在我的身上鋪海苔再用腳踢踹，或者將油畫材料擠進我的鼻孔，經常做這樣無理的動作虐待我。我如果乖乖地被當玩具戲弄，他就高興，但要是稍微不悅或有什麼情緒，他馬上發脾氣揍我。因為種種理由，我討厭和他在一起，已經受不了了。」

她似乎不是青年所想的那麼淫蕩、多情的女人。依照S博士的觀察，她反而是有點老實、反應慢的樸實女人。

不久後青年被送到精神病院，而不是被關進監獄。

戀母記

一隻戀慕昔日的鳥，從交趾木的井上邊啼囀而過。——《萬葉集》12

……雖然天空陰沉，被厚雲層吞沒的月亮不知從何處洩出了光線，外頭又亮又白。那種亮度，要說明亮也真的相當明亮，連路邊的小石頭都看得一清二楚。儘管如此，又讓人覺得眼前事物有點朦朧，一直向遠處注視的話，瞳孔都覺得癢癢的。一種不可思議如夢幻的明亮。那種明亮不知怎的，讓人只想遠離塵世，想起遙遠的無窮之國。那時隨著心情變化，有時覺得是暗夜，有時感覺是月夜的。一片白光之中，最顯眼的是變成一條白線的街道，我筆直地向前方跑去。街道兩側是長長的松樹行道樹，往前延伸到眼睛看不到的地方。有時從左邊吹來的風，枝葉發出沙沙聲。風中含濕氣，有著濃厚的潮水香味。我想離海很近吧！我是七、八歲的小孩，加上從小就是極為膽小的少年，所以獨自走在這夜深人靜的鄉下道路上，感覺相當不安。為什麼奶媽不跟我一起走呢？是否因為我捉弄奶媽太過，所以她生氣離家出走了呢？我這麼想著，就不

12 譯註：《萬葉集》卷二相聞部中的第一百一十一號歌，是弓削皇子贈送給額田姬王的歌，這首歌的內容是在緬懷已故的天武天皇。弓削皇子是天武天皇的第九子，額田姬王是位歌人，也是天武天皇的妻子。

覺得那麼害怕了，拚了命地沿著街道走去。在我小小的心中，比起夜路的恐怖，更讓我難過的是無可排遣的悲傷充滿胸中。我的家，在那熱鬧日本橋正中央的我的家，為什麼非得搬到這麼偏僻的鄉下不可呢？昨日急遽變化的自家悲哀命運，對於小孩子的我的內心，也帶來無可言喻的悲傷。我覺得自己是可悲的小孩。直到不久前我還穿著添加名為黃八丈[13]絹織物，具有光澤的絲織和服外套，即使只是出去一下子，也穿著表面有印花布足袋的低齒木屐。哎呀，一下子就變得好悽慘！有如寺小屋[14]戲劇裡走出來，流著口水、髒兮兮、寒傖，甚至連在人前都感到羞愧的樣子。我的手腳都皸裂得像是浮石那樣粗糙。想想沒有奶媽也是正常的，我家已經沒有雇用奶媽的錢了。不只是那樣，每天我還非得幫父親或母親工作不可。汲水、生火、掛毛巾、到遠處跑腿，做各種事情。

以後夜晚就不能到美麗如錦繪的人形町巷子晃蕩了嗎？再也不能到水天宮的廟會、茅場町的藥師那裡去玩了嗎？米屋町的小美代現在怎麼了？鎧橋渡船老大的兒子

13 譯註：傳自八丈島的草木染。
14 譯註：日本江戶時代寺院所設立的私塾，也叫寺子屋，主要以庶民子弟為對象的初級教育機構。

鐵公現在如何呢？蒲鉾屋的新公、木屐屋的幸次郎，那些傢伙是否還混在一起，在柿內香菸店的二樓每天練習演戲呢？直到長大成人為止，恐怕都不會再遇到那些傢伙了吧！想到這些我覺得可恨又悲傷。然而，我心中的悲傷不單是因為那些。恰似這松樹行道樹所傳達的無來由的悲傷，我心中沒有理由的無限悲傷，強烈地逼迫過來。為什麼這麼悲傷呢？為什麼這麼悲傷我卻無法哭泣呢？我完全不像愛哭蟲，連一滴眼淚都沒有掉下來。有如聽到充滿悲傷音色的三味線[15]那樣，如同冷冽、清澈透明清水般的悲傷，不知從何處吹進了我的內心深處。

長長的松樹林右方，原本像是一片田地，走著走著突然察覺到不知何時已不是田地了，而是像黯黑的海平面那樣廣闊展開。平面上蒼白飄蕩的東西時隱時現。每次從左方吹來海潮味時，那蒼白飄然的東西就越來越多，讓人想起充滿皺紋的老人的無力咳嗽，發出嘶啞的聲音叉叉地叫。我猜想那是海的表面湧起了波浪，但似乎不是這樣。海不可能發出咖沙咖沙的聲音。在某個情況下，看來像是惡魔露出白色牙齒般嗤嗤笑著，因此，我盡可能不往那邊看，然而，越是覺得心中發毛，越是沒辦法不看，有時

15 譯註：日本的弦樂器，由四角狀的扁平木質板面覆蓋皮革製成，琴絃從頭部延伸到尾部。使用銀杏形狀的撥子彈奏。

偷偷地往那邊瞄一眼。一眼又一眼，看了好幾次還是無法看出它的真面目。從松風吹過的刷刷聲音之間，咖沙咖沙的聲音頻頻侵擾著我的耳朵。接著，很快的我從左邊松樹林前方的遠處，聽到咚咚咚海洋真正的聲音。那的確是波浪聲。我想是海在鳴叫。海的聲音，像在稍遠的廚房研磨石臼那樣，雖然輕微，卻沉悶、力道強大的殷殷響著。

波浪聲、松風聲、不明物體咖沙咖沙叫著的聲音——我有時停住腳步，傾聽那些滲入身體的聲音，然後又砰砰往前走。不時聞到不知何處傳來像是田間堆肥臭味的味道。回頭看向來時路，跟前方同樣是歪曲的松樹一直延伸。無論望向何方都看不到其他人家的燈火。再者，已經走了一小時以上，卻完全見不到行人。偶而遇到的只有跟左側松樹林平行相隔約三十六公尺的電線桿。而電線桿也跟波浪聲一樣發出轟轟的聲音。我因為無聊就追趕著一根根的電線桿，以下一根電線桿為目標，一根、兩根、三根……邊走邊數。

三十根、三十一根、三十二根……五十六根、五十七根、五十八根、……就這樣我大概數到七十根電線桿的時候吧！孤零零地看到遠處街道的方向有一點燈影。我的目標自然從電線桿轉向燈，燈在松樹行道樹之間，幾次忽隱忽現。燈與我之間的間隔，以電線桿的數量而言大約距離十根左右，可是走起來卻沒那麼近。以為是十根，直到追趕至二十根電線桿時，燈火依然在遠方閃爍。亮度跟提燈的火光差不多，好像在某處停止不動；或許是跟我朝著同樣的方向，以同樣的速度，一直線持續移動也說不定。

在那之後幾分或幾十分鐘，我終於來到距離那盞燈所在大約五十公尺的地方，那個像提燈的亮度、看來不很清楚的光線，終於變得強烈鮮明，把那附近街道的黑暗照耀得像白晝一樣。長久以來看慣了微白地面與黑松樹的我，那時終於想起松樹葉是綠色的。那盞燈是裝在電線桿上的弧光燈。正好走到它的正下方時，我站了一會兒環顧自己影子鮮明映在地面的姿態。我真的連松樹葉的顏色都要忘記了，如果不是在這裡碰到弧光燈，說不定我連自己的樣子都忘記了。像這樣進入光圈裡一看，剛才走過來的松樹林，接下來要走的街道，除了我周圍十公尺左右的範圍內，一切都是黑暗的世界。能夠自己走過那麼暗的地方真是不容易，或許只有自己的靈魂走過那片暗黑也說不定。或許要來到這個明亮的地方，肉體才與靈魂合而為一。

那時我突然察覺到之前聽到咖沙咖沙的嘶啞聲音，是從右手的暗黑中傳過來。它的移動帶有模糊的亮光，反而讓人感到心裡毛毛的。我狠下心來，把頭從松樹行道樹之間往黑暗處伸出去，一直注視著那個飄蕩的東西。一分鐘、兩分鐘……我注視了一會兒還是看不出真相。白色的東西終於從我的腳下往前方遠處的暗黑飄去，像無數的磷燃燒一般突然出現又消失了。實在是太不可思議了，我全身起了雞皮疙瘩，但還是繼續注視了一陣子。在我這麼做的時候，有些快要忘記的東西突然又在記憶裡甦醒，或者是因為黎明快要到來，驟然明白了那不可思議東西的真相。那在黑暗裡茫然的平地，是一面古沼澤，那裡種著許多蓮花。有一半蓮花已經乾枯，葉子像是紙屑或什麼的乾枯了。每次風一吹，葉子就發出咖沙咖沙的聲音，露出白色的葉面內側震顫著。

那古沼澤無疑非常廣闊。威嚇到我已經有一段時間了。整體從這裡一直拓展到哪裡呢？我這麼想著，往沼澤前方望過去。沼澤和蓮花，眼睛看得到的地方都有它們，和遙遠的陰霾天空相互連接。宛如在暴風雨的夜晚環視著大海。然而，在這之中有點，像大海中的漁火一樣紅色的小小閃爍。

「啊，看得到那裡的燈，應該有人住著。既然看得到那戶人家，距離鎮上想必不遠吧！」

我不知為何感到高興，更加鼓起勇氣從弧光燈往黑暗的方向趕路。

走了五、六百公尺，漸漸接近燈光。那裡有一戶茅草屋頂的農家，燈光似乎是從那一家的拉窗中洩漏出來的。誰住在那裡呢？說不定，荒野中的一戶人家，我的父親和母親就住在那裡。那裡會不會是我的家呢？打開亮著燈光、令人懷念的拉窗，年邁的父親和母親就在圍爐旁燒著木柴，他們會說：

「哦，是潤一啊！跑這麼遠來出差。來！上來到火爐旁邊來，趕夜路真的很寂寞吧，你這小孩真是乖呀！」

這樣安慰我不是嗎？

從松樹行道樹的盡頭可以看到，有一條街道在農家附近稍向左轉，右側那一家散發著亮光。房屋的外面是用四道拉門隔開，拉門旁邊的廚房門口似乎掛著繩子暖簾，暖簾洩出來的廚房火影模糊照著街道地面，稍微照到對面大松樹的根。我來到那一家前面大約兩公尺左右的地方。聽到從暖簾後邊的洗滌槽裡，傳出像在洗著什麼的水聲。細小的煙從簷下小窗緩緩上升，在茅草屋頂慢慢結成一團像是燕巢。現在這個時候究竟是在做什麼？這麼晚了才準備晚餐嗎？我這麼揣測的時候，熟悉的味噌湯味道撲面而來，接著像是烤魚油脂燒焦的美好味道。

「媽媽在烤她最喜歡的秋刀魚吶！一定是，錯不了。」

我突然感到肚子餓，心想趕快到那裡，和媽媽一起吃飯配秋刀魚和味噌湯。

我來到那戶人家前面。透過繩子暖簾的縫隙一看，果然如我所想，媽媽背對著我，頭上綁著手巾蹲在竈旁，拿著竹吹筒，大概因為有煙，眼睛一眨一眨，頻頻往竈下吹氣。然後又放了兩、三根木柴進去，每次火焰都像蛇的舌頭燃燒上來，照見母親微紅的側臉。在東京過著安逸生活的時候，母親連飯都沒煮過，現在一定很辛苦吧！……母親穿著添加棉花的髒汙平紋棉布衣，已經破損的細條紋無袖和服外套背部，因為拚命吹火的緣故，圓圓拱起就像駝背。唉！不知何時變成鄉下老太婆了。

「媽媽！媽媽！是我，潤一回來了。」

我在門口這麼喊著。母親緩緩放下竹吹管，雙手叉腰彎著身子慢慢站起來。

「你是誰？你是我兒子嗎？」

回過頭來對我說話的聲音，比古沼澤蓮花的聲音更嘶啞、更小聲。

「是的！我是媽媽的兒子，是兒子潤一回來了！」

媽媽一直默默地注視著我。圍著的手巾下露出的白髮，沾了不少竈灰。臉頰、額頭上的皺紋深刻，一副老態龍鍾的樣子。

「我等兒子回來已經等很久了，等了十年、二十年。可是，你不是我的兒子。我的兒子應該更高大，現在應該經過這條街的我家前面。我沒有叫作潤一的兒子。」

「是嗎？您是別人家的老婆婆？」

被這麼一說，我仔細地端詳這個老婆婆，的確不是我的母親。再怎麼衰老，我母親應該也還沒到這個年紀——那麼我母親的家究竟在哪裡呢？

「老婆婆！我想見我的母親，所以剛才一直在這條街上尋找。老婆婆知道我媽媽的家在哪裡嗎？知道的話請告訴晚輩吧！」

「你媽媽的家？」老婆婆滿是眼屎、無神的眼睛張得大大的。

「你媽媽的家，我怎麼會知道？」

「既然這樣，老婆婆！我是走夜路過來的，現在肚子餓得要命，能不能給我什麼吃的東西呢？」

老太婆馬上變臉，從腳到頭仔細打量著我的樣子。

「你這個人啊，年紀也不大，怎麼變成這麼厚臉皮的孩子？你說媽媽還在，是撒謊吧？這麼髒兮兮的樣子，你是乞丐吧？」

「不是！不是！老婆婆，不是這樣子的。我真的有父親也有母親。我家貧窮，所以樣子髒髒的，可是我真的不是乞丐！」

「既然不是乞丐就回自己的家吃飯不就得了嗎！我這裡沒什麼吃的東西。」

「老婆婆！那裡不是有很多吃的東西嗎？老婆婆現在正在煮飯吧！鍋裡不正煮著湯嗎？網上不是烤著魚嗎？」

「哎呀！你真是讓人討厭的孩子！連我家廚房鍋子裡的東西都盯上了。真是討厭的孩子。這飯呀、魚啦、湯啊，對不起，不能給你吃。我想我兒子不久要是回來，一定要吃飯，所以預先準備好。這是為了我可愛的兒子所準備的東西，為什麼要給你吃呢？你不要在這裡，趕快給我到屋外去！我還有事要做，鍋子裡的飯都噴出來了，都是因為你而要燒焦了。」

老太婆漲紅著臉說了這些，又表情冷淡地回到竈旁。

「老婆婆！老婆婆！不要說這麼不慈悲的話，我餓得快倒下去了。」

我雖然這麼說，但老婆婆還是頭也不回，不搭腔，逕自做她的事。

「不行！肚子餓了也要忍耐，早點到你媽媽那裡去吧！」

我獨自打量向外走出了繩子暖簾。

從那裡往左轉街道的五、六百公尺之前，似乎有一座山丘。微白的道路筆直延伸到山丘腳下。可是山丘的前面，是怎樣呢？從這裡就看不清楚了。山丘上，跟松樹行道樹一樣濃黑、高大的松樹似乎很茂盛。因為暗暗的看不清楚，能夠想像颯颯的松風聲撼動整座山丘。隨著逐漸接近，道路穿過山腳下在松樹間往右方迂迴。我周圍的樹木陰影逐漸擴大，附近更加黑暗。我抬頭仰望天空。天空被鬱鬱蒼蒼的松樹枝遮住，完全看不到。聽到頭頂上颯颯的松風聲。我連肚子餓之類的事都忘了，只感到可怕。電線桿轟轟地鳴叫，蓮沼池裡咖沙咖沙的聲音也聽不到了，只有轟轟海鳴、震動地鳴的聲音。總覺得腳下太柔軟，每走一步都有著撲撲陷入的感覺。一定是路面變成沙地了。如果是這樣也沒什麼好奇怪，但心裡還是覺得毛毛的。覺得再怎麼行走都像是在原地踏步。我從未覺得沙地這麼難走，而且跟之前不同，只是短短的距離，道路左拐右轉了不知幾次。感覺一不小心就會走進松樹林中。我逐漸激動起來。額頭滲出冷汗，胸口的悸動還有呼吸的急促，連自己耳朵都能聽得到。

我低頭注視腳下走起路來，那時覺得突然像是從類似洞穴的狹窄地方走向寬廣之處。因此，不經意抬起頭來，還沒走出松樹林，不過，很遠的前方，像是用望眼鏡觀察那樣，有圓圓的、小小的亮光。不像燈火的亮光，而是像銀光發出的冷銳亮光。

「啊，是月亮！海上的月亮。」

我正這麼想著。恰好正面的松樹林稀疏，形成像是窗戶般的空隙，冰冷的銀光亮晶晶，如同熟絹[16]所發出的亮光。我行走的道路還相當晦暗，但海上的天空，因為雲

16 譯註：絹布在織製完成後，經過膠礬手續的被稱為熟絹。

層破裂，皎皎月光從那裡流洩出來。眺望之間，海上的光輝似乎更加強烈，連松樹林深處都反射出讓人目炫的光亮。總覺得隨著晶亮不斷反射，水的表面同時膨脹鼓起，感覺海水澎湃又洶湧。

海上放晴的天空，漸漸往這邊山陰的樹林推移，我走的道路也一刻比一刻明亮。最後月光在我自己身上也映照出鮮明的松樹葉影。山丘突出的角，逐漸往左方後退，我不知不覺、幾乎無意識地從樹林站到渺茫的海景之前。

啊，這是多麼絕妙的美景呀！我短暫恍惚地佇立在那裡。我走過來的街道，是沿著白浪破碎的海岸，長汀曲浦延伸到哪裡，路就到哪裡。這裡是三保的松樹林？住江的海岸？田子的海灣？明石的海濱？——總之，從名勝古蹟的明信片上看過、枝葉形狀有趣的海濱松樹，其鮮明的影子斜斜映照在街道各處。街道與岸邊之間，有著凹凸不平的雪白砂地，然而，在月光的全面照射下，完全看不出凹凸，只覺得平坦光滑。前方，除了懸掛天空中的一輪明月和延展到地平線盡頭的海之外，沒有任何遮住視線的東西。先前從松樹林深處看到的是，月亮正下方，光線最強烈照射的部分。海的部分，不只是光線，同時也像鋼針一樣扭動著。或者可以說正因為扭動著，感覺光線更為強烈。那裡是海的中心，潮水從這裡渦捲上來，因此整面海都膨漲起來也說不定。總之，看到以那部分為正中心，在海中間隆起，這是事實。從隆起的部分向四面八方擴散開來，反射的光線有如被打碎的魚鱗，在漣漪之間跳躍，交纏在一起，再緩緩擴散到海濱的沙灘。有時海水在海濱破碎，即使嘩啦啦爬向沙地，在水中也還交纏在一起。

那時的風完全靜止，連那麼大聲沙沙響著的松樹枝也沒了聲響。連湧到海濱的波浪，也像是努力不要破壞這月夜的寂靜，只聽到輕微、小心翼翼、呢喃似的聲音。聽到有如女性暗泣、螃蟹從殼的縫隙吹出泡沫、極細微宛如將要消失、長長的悲哀聲，卻又綿綿無盡期，那個聲響與其說是聲音，毋寧是更深一層的「沉默」，使得今夜的寂靜更像神祕的情緒音樂。

無論是誰看到這樣的月亮，沒有人能不思考永遠的問題。我還是小孩，所以對於永遠這個課題沒有清楚的觀念。然而，不知道為什麼，只覺得胸中充滿近似的情緒。我記得以前在哪裡也看過這樣的景色，而且不只一次，是看過好多次。或者那是在我出生到這個世界之前的事也說不定。說不定是我前世的記憶，現在甦醒過來。或者，不是現實的世界，而是在夢中見到的呢？我感覺在夢中曾多次見過跟這相似的景色。在兩、三年前，還有不久之前也曾見過。我想那無疑是現實世界，跟夢境相同的景色也存在於某個地方。在個這世界，不知何時見過一次那個景色。夢境向我暗示。而那暗示如今成為事實來到我的眼前。

連波浪都客氣得不打到岸邊來，我也盡可能地放輕腳步，慢慢地、像要偷東西似地走過去。然而，不知怎麼的我莫名感到興奮，於是沿著海岸線的街道，跑也似地疾行。周圍的事物實在過於安靜，因此，覺得有點恐怖。要是一不小心，自己說不定也會像海邊松樹或沙灘那樣，就此結凍似的動也不動，之後化為海岸的石頭，無論多少年都會遭受那從頭上照射下來的冰冷月光。實際遇到像今夜的景色，無論誰都會有想死一下看看的念頭。要是能死在這樣的地方，死亡這件事似乎就不那麼可怕——可能是這樣的念頭讓我興奮吧！

「皎潔的月光遍照天地，而被月光照射的人全都死掉了。只有我活著，只有我活著還能行動。」

這樣的情緒像是從後方追趕著我，越是被追趕我的腳步就越快。這麼一來，只有我疾行快走，這件事變成了恐怖的種子。由於氣喘難過，稍一停下腳步，無論接受與否，附近的景色都自然進入眼裡。所有的東西依然靜寂，天空、流水、遙遠的山野都融入飄渺月光中，說到那種青白寂靜，就像影片播放中途停止那樣。街道的地面，像是下過霜一樣純白，上邊鮮明的海濱松樹的影子，彷彿從路邊爬出來的蛇躺在那裡。

松樹和影子在根部合而為一，然而松樹消失，影子卻毫無消失的樣子，反而更加鮮明。就像影子是主，松樹是從。那樣的關係在我自身也一樣。一直站著久久注視著自己的影子之後，覺得影子躺在地上一直向上看著我。除了我之外，能移動的就只有這個影子了。

我覺得影子好像在跟我說：

「我不是你家的僕人。我是你的朋友。實在是太喜歡月亮了，結果卻逛到這邊來。你也是一個人，很寂寞吧！所以我跟你做伴。」

就像剛才數電線桿一樣，我這次邊走邊數松樹的影子。街道與海岸的距離，時遠時近。有時奔湧到岸邊的海浪，差一點就把松樹根給打濕。海浪退到遠處時，看來像是擴散開來的薄白緞子；湧到近處時會有一、二吋厚度，像融入熱水的泡泡一樣鼓起來。即使是一、二吋鼓起，月亮也會把波浪的影子如實映照在沙地上。實際上，像這樣的月夜，即使只是一根針也會留下影子。

突然我的耳朵傳入不可思議事物的聲音，是從遙遠的海上嗎？還是從前方多棵海邊松樹的深處傳來呢？不知道從哪邊傳過來的。或者只是我的幻聽也說不定。總之，像是三味線的聲音。從聲音突然中斷又突然出現的音色來判斷，總覺得無疑是三味線。在日本橋的那段時間，我被乳母抱在懷中、睡在棉被裡的時候，經常聽到三味線的聲音。

「我想吃天婦羅！我想吃天婦羅！」

乳母經常配合三味線的節拍吟誦。

「吶！你聽，那三味線的聲音，聽來像似在說：我想吃天婦羅，我想吃天婦羅吶！你聽到了吧！」

奶媽常常俯視手放在她胸部玩弄乳頭的我的臉孔。或許是心情的關係，的確如奶媽說的以哀傷的調子唱著「我想吃天婦羅，我想吃天婦羅」，我跟奶媽長久以來眼睛與眼睛對看，靜靜傾聽那三味線的聲音。在人跡絕跡、寒冬結凍的大路，木屐喀喀響，新內[17]調的淨琉璃從人形町往我家前面經過，往米屋町那邊而去。三味線的聲音逐漸遠去，剩下細微聲音快要消失了。原本能夠清楚聽到「我想吃天婦羅，我想吃天婦羅」的聲音漸漸變小，因為風吹的方向，有時聽到一點點，有時完全聽不到。

「天婦羅……我想吃天婦羅。想吃……天婦……天婦……天……想吃……吃

17 譯註：以賀鶴新內於一七五一至一七七一年創始的新內調淨琉璃。

婦……」

最後像這樣子斷斷續續，模糊不清。即使如此，我用著像是注視隱藏在隧道深處一點細微星火的心情，還是專心豎耳傾聽。即使三味線的聲音斷絕了，短暫之間「我想吃天婦羅，我想吃天婦羅」的呢喃聲仍在耳邊響起。

「還聽得到三味線的聲音，……或者是我的幻聽？」

我獨自這麼想著，不知何時進入甜蜜的夢鄉。

那還有印象的新內三味線，今夜也響起哀傷的音色，「我想吃天婦羅，我想吃天婦羅」的聲音斷續往這條街道而來，跟往常不一樣的是沒聽到喀喀的木屐聲，但是單從音色可以毫無疑義的斷定。剛開始「天婦羅……天婦羅……」，只聽得清楚「天婦羅」的部分，但是聲音隨著逐漸接近，不久「想吃」的部分反而聽得更明白。不過，地上除了我和松樹的影子，哪裡都看不到像是唱著新內調的人影。在月光照射的範圍，即使從這邊眺望到那邊，在這街道行走的人，除了我之外連一隻小狗也看不到。我也曾有過，說不定是因為月光過於明亮，反而看不見東西的念頭。

最後我在一、兩百公尺之前認出彈三味線的人影，是從那之後經過多少個時日呢？在我尋訪到那裡的長久時間，我是多麼享受月光與波浪聲。我只說「長久時間」，事實上那長久的感覺無法表現出來。人經常在夢中，感覺經過兩年或三年。我那時的感覺正好跟這個類似。我走在天空有月亮，路上有海濱松，海岸有浪花拍打的街道，兩年或三年，說不定是十年。走著走著，我覺得自己已經不是這世界的人。人死了之後，要歷經長久的旅途，而我現在就在那段旅途不是嗎？總之，感覺就是那麼長遠。

「我想吃天婦羅，我想吃天婦羅。」

現在三味線的聲音很近，聽得清楚，隨著沖洗沙子的沙沙波浪聲伴奏，高妙的拔子手法如涓滴的泉水，如銀鈴滲入我心中。彈三味線的人，無疑是個年輕女人。戴著從前稻草人戴的草笠，微微前傾走著的那個女人，或許是月明的關係，她的髮際純白得讓人訝異。如果不是年輕女人不可能那麼潔白。有時從右邊袖子露出握著「天神」[18]的手腕也是一樣白皙。距離我還有一百公尺以上，因此看不清楚和服的條紋花樣，光是她的髮際和手腕的白色，就像海浪浪頭發光那麼亮眼。

「啊，我知道了。說不定她不是人。一定是狐，是狐化身的。」

我突然感到膽怯，盡可能不發出腳步聲，小心翼翼地跟著那道人影。人影依然彈

18 譯註：三味線的棹頭部，綁在弦上的木棒。

著三味線，頭也不回，步履蹣跚。然而，如果那是狐狸，不可能不知道我跟在後面吧！雖然知道卻裝作不知道。這麼說來那純白的肌膚顏色，怎麼說都不像人的皮膚，而像是狐的毛。如果不是毛，不可能那麼白又有光澤像貓柳那樣發光。

儘管我緩步慢行，還是逐漸接近了女人的背影。二人的距離已經相隔不到五、六十公尺。映在地面的我的影子，快要接觸到她的腳踝了。我走一尺，影子卻驟然伸長二尺。影子的頭部跟她的腳踝，眼看就快要碰在一起。女人的腳踝——這麼寒冷，女人卻是赤腳穿著麻草鞋。也跟髮際和手腕一樣純白。從遠處看不到，是因為被長和服的下襬遮住了。

實在是很長的下襬。那應該是御召縮緬[19]的東西吧！戲裡出現的美男子或美女穿著華麗的衣擺，長度下垂到連腳背都被遮住，有時甚至在沙地上拖曳。然而，或許是沙地乾淨的關係，腳和衣擺都絲毫沒有髒汙。每次啪啪抬起草履向前走一步，看到純白得讓人覺得舔拭都沒關係的腳底。那是人還是狐呢？雖然真相不明，但是皮膚無疑

19 譯註：日本和服中使用的高級絲織品，這種織物使用先染的線進行平織，御召縮緬相比一般縮緬更有質感，雖然堅挺但仍具有柔軟的觸感，不容易變形。

是人的皮膚。月光滑落草笠，冷冷灑落在從髮際到稍向前傾的背部，連纖細的背脊隆起都清晰可見。背脊兩側的溜肩和拖曳地面的衣服都很纖細。她的肩寬比向左右開展的草笠帽緣更加狹窄。當我時不時低下頭，可以看到像是被水淋濕的燕尾般的漂亮毛髮，和壓著頭髮的草笠繩子之間，隱隱露出的耳朵內側的肉。然而，看到的只是她的耳朵，前面是怎麼樣的臉？由於被草笠的繩子擋住了，完全不清楚。纖細得彷彿耐不住風吹的背影，更讓人覺得距離人類相當遠，應該是狐的化身不是嗎？讓我看到如此溫柔、纖細的美女背影，靠近旁邊，當她轉過身來、會不會像是讓人嚇一跳的般若之面[20]吧……

她的耳朵應該聽得到我的腳步聲。既然知道我在後面，至少會回過一次頭吧！但她裝作不知道，看來更覺得怪異。不知會遭遇到什麼？所以要有即使被嚇倒也無所謂的心理準備。地上伸長的我的影子，已經追上她的腳踝，在和服的下襬往上爬一、兩尺。我的頭剛好映照在她的腰部附近，逐漸往腰帶那邊移動，馬上要往背脊爬上去了。

20 譯註：日本能樂中的能面造型，是一個有角、嘴巴大張、眉頭緊皺的鬼女形象。所代表的意義是因為忌妒與怨恨而深陷魔道的女性。

她的影子倒在我影子的前方。我驟然往旁邊挪開，於是我的影子離開了她的腰部，跟她的影子並肩清楚印在前方的地面。不管怎麼說，她應該不可能沒看到。她依然沒有回頭，只是認真的，看來優雅、沉穩地彈著新內調的三味線。

影子與影子不知何時絲毫不差的並排在一起。我第一次瞄了她的側臉。終於看到草笠繩子前方她鼓起來的臉頰線。單是臉頰線，她的確不是般若的樣子。般若的臉頰不是那麼鼓起好看。

從鼓起的臉頰後邊，一點點、真的一點點漸漸看到鼻頭尖端，有如從火車窗戶眺望景色時，海灘從某座山的腹部逐漸出現一樣。我希望那個鼻子是高聳、挺直、優雅的。在這樣的月夜，用這麼優雅姿態走路的女人，我不希望她是個醜女。就在這麼想著的時候，鼻尖漸漸從臉頰前方露出來。我大致可以想像得到，可以窺見接在鼻尖下方的滑溜鼻子稜線的形狀。的確，鼻子相當高挺沒錯。是高挺又大的鼻子。我放心了……

我真的好高興。尤其那個鼻子遠比我想像的更好看，像畫作裡沒有缺陷的美，我是多麼高興呀！現在她的側臉，從莊嚴的鼻樑線開始，毫無遮掩逐漸顯露，跟我的臉完全並列。即使如此，女人也不回頭看我。除了側臉之外，並不讓我看見。以鼻線為界，另一側的半面，隱藏起來像是在山陰綻放的花。女人的臉，像畫一樣美，「像畫一樣」只有表面，沒有背面的感覺。

「阿姨！阿姨！阿姨要走到哪裡呢？」

我這麼問女人，怯怯的聲音，被清脆的波浪聲抹煞並沒有傳入她耳朵。

「阿姨！阿姨！」

我又叫了一遍。其實，比起「阿姨」我更想叫她「姐姐」。我沒有姐姐，心中始終希望有漂亮的姐姐。我常羨慕有漂亮姐姐的朋友。叫喚這個女人的時候，我心中湧現對姐姐那樣的甜蜜又懷念的心情。總覺得不喜歡叫「阿姨」。可是，突然叫「姐姐」又會讓人覺得過於親密，因此我沒有選擇還是叫了「阿姨」。

第二次大聲叫喊，女人還是沒有回應。側臉不動，專心地彈奏新內的調子，長長的和服下襬沙沙拖曳著沙子，臉孔朝下直直往前走。女人的眼睛專注在三味線的樣子。或許她陶醉在自己彈奏的音樂中吧！

我向前踏出一步，只能看到女人的側臉，這下子可以從正面仔細端詳。臉部因為有草笠的陰影，反而讓膚色顯得更加白皙。陰影遮到她下嘴唇附近，只有草笠繩子擋住的下顎前端，有些曝露在月光下。下巴像花瓣小巧可愛。嘴唇紅得艷麗。在這之前我沒有察覺到，女人確實化著濃艷妝容。難怪我覺得膚色太白，臉上，還有頸子塗抹著一層白粉，有點刺眼。但是，我不是說她的美貌因此而有絲毫減損。在度數大的電燈亮光或太陽光下，濃厚的白粉可能看來俗氣，但是像今夜蒼白月光下，妖豔美女濃妝豔抹的臉，反而讓人覺得神祕、像魔怪那樣不得了。那白粉，說實在的不是美麗或花俏，而是寒冷的感覺更為強烈。

不知為何，女人突然停下腳步，抬起頭仰望天空的月亮。陰暗的草笠陰影中有點白的臉頰，在那時候突然像大海的海潮發出銀光。這時，皎皎臉頰上閃亮，如露珠從蓮葉滑落、滾下，發出閃亮光輝，不知往何處而消失，接著又發出光輝隨即消失了。

「阿姨！阿姨！阿姨哭著嗎？阿姨臉頰上發光的是眼淚嗎？」

我這麼說，女人依然仰望天空，回答我。

「是眼淚沒錯，但是我沒哭。」

「那麼是誰在哭泣呢？那眼淚是誰的呢？」

「這是月亮的眼淚呀！月亮在哭泣，她的淚掉到我的臉頰上。你看！就是那月亮在哭著呢。」

這麼一說，我也仰望天空的月亮。可是，我不知道是不是月亮真的在哭泣？我想大概因為自己是小孩子，所以不能明白。即使這樣，為什麼月亮的眼淚只落在女人的臉頰上，不掉到我的臉頰上，為什麼呢？

「哎呀，是阿姨在哭泣。阿姨說謊！」

我突然不由得這麼說。為什麼？因為她仰望著臉，為了不讓我看穿頻頻啜泣。

「不！不！我哪有在哭？我是再怎麼悲傷都不哭的。」

女人雖然這麼說，卻明顯潸然淚下。抬起頭的臉孔、眼瞼後邊湧出的淚水，沿著鼻子兩側往下顎成一直線流下。每次壓低聲音抽泣時，咽喉的骨頭從皮膚下邊明顯露出來，痛苦地顫動凹陷，讓人擔心是否會窒息？剛開始淚水如露珠流出來，很快的整張臉頰都被淚水沾濕了，似乎毫不遲疑往鼻孔和嘴裡侵入。女人把鼻水和從嘴唇滲入的眼淚一併吞下，同時咳咳地激烈咳嗽起來。

「看！阿姨不是在哭嗎？阿姨，什麼事哭得那麼悲傷？」

我說著，屈身按摩咳嗽的女人肩膀。

「你說我為何悲傷？這樣的月夜走在外頭，任誰都會悲傷不是嗎？即使是你，心中也一定也有悲傷。」

「是的，我今夜悲傷得不得了。到底是什麼緣故？」

「你看那月亮！悲傷是因為月亮的關係——你也那麼悲傷的話，就跟我一起哭吧！拜託你，哭吧！」

女人說的話，不輸新內的調子，聽來像是美麗的音樂。不可思議的是，在我們對話之間，女人彈三味線的手並未停下，仍然繼續彈奏著。

「那麼阿姨也不要掩飾哭泣的臉，請轉向我這邊，我想看阿姨的臉。」

「說的是！掩飾哭泣的臉是我不好！好孩子原諒我吧！」

女人的臉頰靠近我，眼淚潸潸。她心裡肯定很悲傷，不過，這麼哭著心情應該很舒服吧！我能清楚感受到她的心情。

「好！哭吧！哭吧！跟阿姨一起怎麼哭都沒問題。我其實剛才就想哭了，一直忍耐著。」

我說話的聲音，不知怎的聽來像是歌曲的調子帶著美麗的旋律。說話的同時，我感覺到自己的臉頰也流淌著眼淚。我的眼球周圍似乎一下子變熱起來。

「好呀！你也哭了。你也哭了，我更悲傷，悲傷得不得了！不過，我喜歡悲傷，所以，你能哭就盡量哭吧！」

女人說著，臉頰又貼近我。再怎麼流淚，女人臉上的白粉也絲毫沒有剝落。淚濕的臉頰反而像月亮發出光輝。

「阿姨！阿姨！我依著阿姨的話一起哭了。那麼我可以不稱呼您為阿姨，叫姐姐好嗎？吶！阿姨，現在開始我可以不叫阿姨，叫姐姐好嗎？」

「為什麼？你為什麼這麼說呢？」

當時女人那像芒草穗的細眼，仔細地看著我臉說。

「因為我覺得您像是我的姐姐。阿姨一定是我的姐姐，沒錯吧？即使不是，今後您也當我姐姐好吧！」

「你有姐姐不是嗎？你不是只有弟弟和妹妹不是嗎？被你說什麼阿姨、姐姐的，我感到更加悲傷。」

「那要怎麼叫才好呢？」

「你在說什麼呢？你把我給忘了嗎？我是你媽媽不是嗎？」

女人這麼說著，同時把她的臉盡可能地貼近我的臉。那一瞬間我吃了一驚！仔細一看果然是媽媽沒錯。媽媽不可能這麼年輕漂亮；可是，她確實是我媽媽。不知怎的我竟毫不懷疑。我想自己還是個小孩子，所以媽媽這麼年輕漂亮或許是理所當然的。

「啊！是媽媽啊？我早就在尋找媽媽。」

「啊！潤一，總算認出是媽媽了？認出來了啊！」

媽媽高興得連聲音都在顫抖，緊緊抱著我佇立不動。我也緊緊抱著她不放手。媽媽懷裡有著甜蜜溫暖的乳房味道。

而月光與波浪聲依然滲入內心。也聽得到新內的調子。二人的臉頰上，淚流不止。

我突然醒過來。我的枕頭被淚水沾濕，看來在夢中真的哭了。我今年三十四歲，而母親在前年夏天就已不是這個世間的人——我想起來之時，新的眼淚啪噠一聲落在枕頭上。

「我想吃天婦羅！我想吃天婦羅！……」

三味線的聲音還在我耳邊，有如從那個世界來的音信般迴響著。

秋風

九月已經過半，與東京不同的山中溫泉，現在一定是秋高氣爽的天氣吧！我滿懷期待去那裡，卻只能每天眺望持續下雨的天空。然而，壞心眼的雨似乎沒有想停下的樣子。早上，晚起的我從棉被探出頭來一看，鮮明的日影映在拉門上，因此我想著「啊！今天總算好天氣了」而相當高興，接著又鑽入棉被睡回籠覺，到了離開床舖時，先前的日影就像夢境一樣，天空潮濕而陰暗，像霧又像雨的東西包圍了前方的山。就在那個時候，我帶著被欺騙的感覺，再次不甘心地鑽入被窩。

其實，我等待好天氣等得心焦。我希望能早一天看到晴空萬里、秋高氣爽的藍天。早上起來，明知道會被騙，還是沒有洗臉就趕著到二樓的走廊仰望天空——這已成了這一個星期的習慣。到目前為止我從未這麼愛戀秋天的藍天。原因之一是因為神經衰弱，頭腦一直重重的，如果能夠看到秋日的天空，至少心情會稍微好一點，和這麼期待著也有關係。另一個原因，則是這兩、三年來在東京沒有碰見像秋天的日子了。這或許是我的偏見，我覺得近年來東京這地方的天氣非常不好。春天，像春季風和日麗的日子非常少，即使到了秋天像秋季的爽快日子也不來。大部分日子裡，無論春秋都一樣濕而陰暗。我甚至覺得自己腦筋不清楚的一個原因，也是這種天氣的緣故。拿去年來說，從九月到十月初，東京盡是像這樣子下雨，有點寒冷又有點悶熱的奇怪天氣。

不！不只是東京，當我十月九日從中央停車場出發前往中國遊玩，從東京到下關一直是壞天氣，像入梅的陰鬱雨雲籠罩著整個天空。可是夜晚渡過對馬海峽，在第二天早上抵達釜山港，那裡的天空就像是被擦拭過的萬里晴空，像是假造一般的如洗碧空。看到那片天空的顏色時，我深深感到日本真的是氣候很不好的國家呀！我長久居住在東京，回想記憶中看過這麼美麗天空的印象，就算追溯到少年或青年時代的遙遠記憶，天數也極為稀少。聽說在中國或韓國，秋天這樣的季候會持續兩、三個月。人，要是能時時眺望那麼美麗的天空，就能保證不老，常保年輕快活地過日子。亞洲大陸天空中的美好顏色，從那時起就深深烙印在我的腦海裡，因此即使一天也好，希望今年能見到像那樣的天氣呀！即使到了九月，這個避暑客都離開鹽原的時間，我仍攜家帶眷留在此地，主要也是那個原因。

兩、三天前，妻的妹妹S子從東京過來，本來妻子和孩子要回東京，由於連日下雨所阻無法出發，大家無所事事從早就躺在六帖大的榻榻米上。身邊的雜誌和小說幾乎都看完了，為了打發無聊，想吃些好吃的東西，卻什麼美食也沒有。既然有溪河，要是能抓些香魚、杜父魚、鱒魚那樣的河魚也不錯。可是，河流的下方有阻攔住魚的瀑布，魚隻無法從那裡游到上游。聽說只有杜父魚在暴雨持續落下、溪水混濁的情況，有時會被打到岸上來，所以也不是完全捉不到。可是縱使吃得到杜父魚，要是暴雨繼續下也不可能捉到呀！箒川的水量增加了很多，帶入大量像是泥沙的混濁物。直到目前為止，在我偶爾來鹽原的經歷中，從未見過這條河如此混濁。最常見到的是清澈淺水在堆疊石塊之間沙沙流動，那些石塊是被沖走了嗎？還是潛入水底？完全見不到蹤影。擴展開來的河面逐漸往岸邊方向氾濫。從門前妙雲寺前方、我住宿的二樓望過去，能夠看到對岸老街的河川邊緣，名叫旭湯的溫泉湧出之處；濁水逐漸侵蝕石壁，似乎流向溫泉的湯壺之中。能從裡窗看到的七弦之瀑，也從有氣無力不停滴著的涓涓細水，不知何時變成大瀑布，發出轟然響聲。為了在火車中閱讀，S子在東京買來荷風[21]全集第二卷和淚香[22]名叫《玉手箱》的偵探小說，並認真地讀了一、兩天，最後連我也看了《玉手箱》。

「哎呀！連姐夫也看起《玉手箱》了。真的很好看吧！」

S子說，聰慧的眼睛明亮，像洋人朝上的鼻尖浮現譏諷的笑意。

---

21 譯註：永井荷風（1879 - 1959），日本唯美派小說家。

22 譯註：黑岩淚香（1862 - 1920），明治時代的推理作家。

「嗯，有趣，很有意思。這裡面叫做穴田的小姐，就是像你這樣的女性。」

我這麼一說，她故意露出恐怖的眼光，像是生氣的臉孔。

這麼無聊的時候，就連每一天、每一天的報紙都讓人非常期待，偏偏可能是天氣不好的關係，連報紙也無法順利送達，也有一、兩天沒送來的時候。像是東京那邊遭遇颱風，因此火車停駛。沒送來的，看來不只是報紙，鹽原的物資逐漸缺乏，連個像樣的食物都沒辦法賣。沒有魚，還吃得到豬肉、雞肉和牛肉，這五、六天連蛋和蔬菜都沒有，沒辦法只好吃鮭魚罐頭。既然有颱風，天氣應該會好一點，可是，明日復明日依舊是淅瀝淅瀝的下雨天。雖然這麼說，天空卻不是那麼陰暗，從四方包圍谷間小鎮的山峰之間，會有些微薄雲來來去去，那些雲接連帶來像是雲雨那樣的驟雨。一下子，從雲朵的縫隙出現藍天，也有被雨淋濕的後院的樹影，明亮映在拉門和榻榻米上的時候，「哦～」才感到意外時，不久就像幻燈一樣很快消失了。即使這樣，雲層帶有縫隙似乎表示天氣很快就會變好。

詢問當地人，他們說：「下得還不夠，天氣暫時還不會恢復。」

「A醬，每天每天雨嘩啦嘩啦下，很不好玩啊！」

S子這麼說，抓住我今年四歲的女兒抱怨著。

「啊！實在討厭呀！雨嘩啦嘩啦下，哪裡也去不得。」

A子天真的瞳孔朝向天空，作出表示同感的附和。有著不按牌理出牌的女兒，多少消除了大人們的無聊。吃飯時妻與S子說了奇怪的事嘲弄著，A子不知從哪裡學來、大聲說著「驚訝的表情」，然後把筷子往餐盤上一扔雙手張開作出所謂「驚訝的表情」。最後連大人也模仿起來，不管說什麼就作「驚訝的表情」大笑。「爸爸！表演特技給我看！」

我一躺下來，她就跑到旁邊來這樣要求著。於是我仰臥著，用腳把她往空中抬得高高的。她高興得拍手叫好。討厭哄孩子的我，跟A子變得這麼親近，完全是來到鹽原之後的事。

大人們對A子這個玩具終於膩了後，我與妻和S子在午飯後一定會玩兩、三個小時花卉紙牌。S子雖是十八歲少女卻善於賭輸贏，是我們夫婦的好對手。她除了從東京帶來花卉紙牌之外，還有撲克牌，有時獨自玩著。我心想是誰教她玩「一個人撲克牌」？她說：前一陣子某個洋人教她的。連撲克牌也玩膩之後，接下來她就到朝著馬路的二樓走廊，拉開嗓門大聲唱起歌來。對面達磨屋的女人和理髮店的年輕伙計都以奇怪的表情仰望這邊的二樓。一直快活、隨意的S子對這樣的事根本不在意，有時隔著馬路對著達磨屋的女人開始嘰哩呱啦講起話來。像這樣子打發了白天，可是天一黑，連瘋丫頭的她也感到沮喪，噘著嘴巴自言自語說「到底什麼時候會晴天呀」，第二句話是「T桑究竟什麼時候來呀？」皺眉、眼淚盈眶、嘆氣，我心想像她那麼潑辣的個性，也會這麼正經地想念人？我反倒覺得奇怪而不是可愛。她等得那麼心焦的T，約定好在十五日來，到了十六日、十七日卻都沒來。

「T桑黃牛！」

S子被迫空等一天，到了晚上哭喪著臉，恨恨咒罵。

「T沒來恐怕是天氣的關係吧！火車不通，即使想來也來不了。再怎麼說，如果天氣不好也是沒辦法的呀！」

我雖然這麼說著，其實也等T來等得焦急。心裡想著，總之，多一個生力軍，我們也多少有點精神。再者，我覺得看著那圓臉毛髮濃密、感覺像中國姣童的美少年T跟S子坐在一起很有趣。如果天氣好，T來了，我想帶這個少年和少女盡情閒逛秋天的山野。

有一天，在依舊被嘈雜的溪水聲和鬱悶雨聲封閉的房間裡，我和妻與S子玩著花卉紙牌，從日本橋某和服店寄來的綢緞包裹送到了。那是S子離開東京時訂製的夾衣作好後寄過來的。她趕緊解開被雨淋濕的油紙包裹，手穿過剛作好的衣袖試穿。鮮豔的繡球花紫色底，加上像小鹿斑點的柔軟、平紋薄毛呢和服，從她高個子的身上垂下，感覺陰暗的客廳突然明亮起來了，我想穿著這件和服的她，要是走在晴空萬里的秋日下，紫色該是多麼地鮮豔明亮啊！我詛咒雨，其實S子比我更詛咒吧！即使在東京，連一天都無法待在家裡的她，第一次來鹽原遊玩就倒楣地碰上十天左右的大雨。雖然好不容易作好和服了，可是不僅不能出去逛逛，連愛人T也見不到。傍晚，她倚著欄杆一副等人的臉孔，俯瞰馬路上過往的馬車和車子，妻子這麼說：

「看這樣子T桑一定不會來呀！」

S子說：

「如果不來就會說不來，沒說的話應該就會來。沒問題的，明天天氣就好了！他一定來的！」

「啊！」

就在S子說話的那一天晚上，大約九點鐘左右，沒想到T突然來了。

他在猶豫是否要到客廳時嘆了口氣，把垂到額頭的頭髮往上梳攏，說了種種理由：

「今天真是擔心呀——之前我就想來，想得不得了，不過家人不允許。今天也沒有預定要來，到了傍晚，實在忍受不了，就晃到上野車站坐上火車。這麼晚來，心想要是找不著住宿處怎麼辦？」

T的母親知道T和S子的關係，跟T一樣疼愛S子，之前還寄了長信來。雖然不禁止T過來鹽原，不過或許是認為讓感情好的二人只能短暫相處，對年輕人也不好。然而，現在T好不容易來了，也不忍心趕他回去，於是勸他馬上寫信向媽媽道歉，我決定讓T隨自己的意住幾天。我這麼一決定，在場所有人馬上就打起精神起來，什麼東京朋友的小道消息、對電影的批評、展覽會、音樂會等閒聊沒完沒了。大家就寢之後，直到半夜兩點左右，T和S子還情話綿綿。

心想雨不停就不會來的人都來了，天空也宛如祝福T的到來，翌日開始就晴空萬里。我到二樓的走廊一看，剛剛雨停後，地面上的積水在陽光下燦燦發光。飯店附近的旭湯、翁湯、河原湯、壽樂湯、中湯等所有的溫泉都大量湧出泉水，大家似乎從早就這些湯進進出出閒逛。S子充當嚮導拉著T到處逛，介紹哪裡的溫泉最乾淨、哪裡最熱、哪裡溫溫的。妻因為明天就要回去，於是再做一次巡禮，我一個人躺在八帖大的房間，從打開的窗戶仰望前方晴空——等待已久的秋日終於到來，看來天氣已經變好了，明天溪流想必也會清澄無比，這樣可以帶T與S子去泡須卷的溫泉，或者去看小太郎之淵[23]……

翌日早上，妻與A子往東京出發後，T用我的安全剃刀刮S子的臉。我看他手的動作似乎有點危險，就說停止吧！T回答，「不！沒事的。」用肥皂往她的臉上塗抹，手指緩緩擦拭。拉門外如此明亮，因此，刮過的白色皮膚光滑晶瑩，甚至有點反射出藍天的樣子。S子蹙眉忍耐著，在嘴角四周剃了一半時，對T的笨手笨腳終於忍不住說出，「這麼差勁，不要你刮。夠了！夠了！」並鼓起嘴巴。

我望著映在鏡裡鼓起的嘴巴。「讓T刮」、「不讓T刮」地鬧騰一陣之後，我接過理髮師的工作，剃了S子的髮際與T的鬢角。完成之後，T又說要把S子的頭髮燙捲曲，並拿出熨斗放入火盆裡。我心想這傢伙弄得不好一定會燙傷，提心吊膽地看著，果不其然！熨斗接觸的地方冒出煙來，頭髮都要燒焦了。結果T面目全非，於是發了一頓大脾氣。

因為這樣浪費許多時間，終於過了中午到兩點鐘左右，三人一起出去散步。今天其實本來預定要去須卷湯附近，但不久前大水沖壞了橋樑，兩、三天內不能前往那裡。

---

23 譯註：鹽原地區的景點，以山間溪流和周圍的岩石聞名。

現在水量雖然減少了，似乎還很混濁。我們閒聊哈哈大笑往古鎮郊外的某寶湯那邊走去。兩側的家宅並排，道路沿著在可愛山勢之間流淌的帚川河灘延伸，微冷的秋風吹起身上穿著的斜紋嗶嘰單衣。河灘密密麻麻的胡頹子，在秋風吹拂下發出沙沙響聲。白色葉子的內面，不時露出銀光閃爍。越過前方看得見的山，通往會津的街道，由於下雨，地面被洗刷乾淨的關係，就像晾晒的腰帶，潔白的在我們前方筆直延伸。它像是在電影裡看到的西洋郊外的美麗鄉間道路。S子雖然害怕蛇，有時卻進入草叢採摘紅色胡頹子的果實；或是拉著想渡過溪河的T的手說：

「不行！不行！水這麼大，你不要過去！」

T撿起路邊的石塊，咻咻劃過天空，丟向看來很深的地方。

「你看那裡！岩石之間的水都起了漩渦不是嗎？那裡可是深達腰部呀！」說著又撿起小石頭咻咻丟去。今早我幫他剃的鬢角，帶著青綠痕跡，看來有點冷意。

Ich weiß nicht, was soll es bedeuten,
Daß ich so traurig bin;
Ein Mährchen aus alten Zeiten,

Das kommt mir nicht aus dem Sinn.

……

不久二人開始邊走邊唱〈羅蕾萊〉[24]的二部合唱。載著木材從上鹽原來的趕馬人，對於二人的樣子感到不可思議，擦肩而過之後還頻頻回頭。

大約三十分鐘後，三人泡在街道旁的某寶溫泉，像魚一樣跳過來跑過去閒聊。那裡不是村子裡的溫泉，而是私人所有，只要付錢誰都可以進去。當地人不分男女紛紛跑到女湯那邊，因此，我們三人占領了寬闊的男湯，躺在水流下來的地方，感覺寒冷再跑回熱水裡面浸泡。

「啊！好舒服。這溫泉實在太舒服了。這湯是為了可以這樣啪啦啪啦遊玩而產生的，真是悠閒呀！」

T泡在湯裡，頭靠在浴池邊緣，一副感動的樣子。底下到處是石頭，清澈如水的

24 譯註：羅蕾萊是德國萊茵河東岸的大型礁石，傳說在礁石上坐著一個名叫羅蕾萊的女人，以歌聲吸引萊茵河上的船隻，使他們分心，沒有注意到礁石和湍流而遭遇船難。〈羅蕾萊〉是十九世紀的德國民歌，詩句來自浪漫主義詩人海因里希・海涅（1979 - 1856），歌詞中文是：「我不知道為什麼，我會如此悲傷；一個古老的童話，在心中念念不忘。」

溫泉不斷湧上來，往沖洗處溢出去。掛著「本處溫泉不可使用肥皂」的牌子，比人的體溫稍微高一些，因此，說是泡澡不如說是玩水。

「這個溫泉啊，真不可思議呀！即使不抹肥皂身體也會乾淨——進進出出之間汀垢自然就會掉落。」

S子說著往稍微遠離T的角落雙膝合併蹲下。透過溫泉可以看到玲瓏身材。洗澡間是以簡單的木板圍起，最近剛修繕完成。剛刨的新壁板反射著晴朗的秋陽，亮得有點刺眼。淡淡升起的溫泉熱氣中，溫泉香與木頭香融合為一，感受到濃濃的香氣。不知怎的、長久慵懶的身體一下子活過來，所有的官能似乎都活潑起來了。

S子在溫泉裡露出上半身坐著，張開雙肘撥弄頭髮時，T對她說：

「喂！你這樣子看看。這個的姿勢超級舒服！——就像畫一樣。」

S子從溫泉中露出半身坐著，張開雙肘時，T這麼說著。

T又回頭看著我說：

「大哥，您也擺個『人魚之嘆』的姿勢吧！」

S子彎曲修長的手腳，擺出水島君插畫裡的人魚姿勢。這麼一來，我們三人或許真的變成了人魚也說不定。即使感覺不像人魚，至少也像海豹。T剛才做出各種游泳姿勢。S子的皮膚白皙而柔軟，而他的肌肉褐黑而結實，平常就喜歡閒聊柔道招術，或是打架的話題，一副精悍骨架就像是頑皮鬼。肌理細緻、圓臉像個小孩，卻有著濃粗眉毛，被水一沾濕就像塗了墨，漆黑且發光。我們三人之外，其實還有另外一人。平頭、身體如岩石堅硬的男子走進來，怪害羞的臉不時往這邊偷瞄；突然露出白色牙齒，我以為他會嗤聲笑出來，哪知卻往女湯的壁板那邊靠近，從板下方往前方砰砰地丟石塊。或許是那邊有親密女友，所以以此嬉戲吧！雖有分隔的壁板，但是浴池只有一處，因此，從這邊的壁板下方可以看到對面人魚胴體的一部分在熱水中起伏。秋陽連浴池底都能充分照射到，女湯那邊也還相當明亮。

「耶！等等、等等！看那邊。」

三人從溫泉起來換上和服時，T說，並指著浴池底部偷拉我的袖子。我一看那個壯如岩石的男子沉到湯底，俯伏著腹部緊貼、兩手抱著石頭閉氣了很長的時間。

「他到底在做什麼？」

「不知道他在做什麼，從剛才就那樣潛伏著。看他的身體，很勇猛不是嗎？那個姿勢可以閉氣相當久呀！」

連頑皮小孩的T也被驚訝得睜大雙眼。旁若無人的占領男湯浴池，並胡亂嬉鬧的我們三人，最後也被這名男子嚇到了。

我們提著裝了濕毛巾的塑膠袋，又聽到胡頽子樹的沙沙聲響，沿著河灘道路往河川上游而去。S子又開始唱歌。

悲慘的命運降臨身上
與你共眠被詛咒的夜晚
胸中的憂愁夢裡忘記它吧
祈禱啊，在閃爍的星星下
睡吧，可愛的孩子呀，睡吧現在是夜半
啊，命運如夢
瑪莉亞呀，請保佑她

這是約瑟蘭的搖籃曲[25]。然而由S子來唱，高亢聲音響遍河谷，這樣反而保證會

25 譯註：*Jocelyn, Op. 100 - Berceuse de Jocelyn*，由法國作曲家班傑明・戈達（1849 - 1895）所創作。

把小孩吵醒。這首歌是今早T剛教她的，看來她相當喜歡，重複唱著要T糾正。T是男中音，儘管只是教學，這首搖籃曲還是T唱得好，尤其是「啊，命運如夢，瑪莉亞呀，請保佑她」這一段。最後我被吸引了，也跟著唱了起來，二人說音程不對並捧腹大笑。我不高興，接著用鼻音哼起小曲。S子馬上停止唱搖籃曲，跟著我一起唱。

T說：「我完全不懂日本的東西，真傷腦筋。」並搔搔頭。

逐漸接近道路盡頭的山嶺，開始看到位在山前，這個地方少見的磚瓦工廠煙囪。剛才在馬路上幾次碰到的貨車上的木材，都是從那座工廠運過來的。

S子指著遙遠的前方說：

「姐夫，森田草平的小說《煤煙》[26]中提到的什麼嶺口，是在那座山上附近嗎？」

「這個嘛，大概是那個地方吧！」

「真的到那地方去嗎？去那裡做什麼呢？是準備殉情嗎？」

「是怎麼一回事呢？不問草平的話也不知道。」

26 一九〇八年，夏目漱石的學生森田草平，和平塚雷鳥搭電車前往鹽原，在途中，森田草平試圖殺死平塚雷鳥後殉情，並未成功，這一事件被稱為「鹽原事件」。一九〇九年，森田草平寫下「鹽原事件」的自白小說《煤煙》。

工廠旁邊的道路分為二。一是通往新湯溫泉的街道，地形緩緩傾斜往左邊的山間而去。另一邊——那是會津街道嗎？溪河上架著時髦的吊橋，在工廠前往右彎曲。我們走右邊的道路，去參觀距離吊橋約一百公尺的鹽原名產木之葉石。河川中像沙洲的地方，有座小山，掛著像仁丹的看板，上面用大字寫著「木之葉石」，從山間地層冒出許多樹葉形狀的石頭。我以為在那裡誰都可以任意撿拾。還有休息的茶屋，要收入場費。比起木之葉石，茶屋的庭院略勝一籌，一進門，從蔓藤茂盛的木通棚子間洩出的日影，金光燦燦地灑落在地面和人臉上。

T仰望棚子詢問茶屋的老先生：

「請問這木通的果實已經可以吃了嗎？」

不錯，那裡有好多二寸左右大小的青色果實，沉甸甸似地垂掛著。我們沒買木之葉石，改買了七顆木通的果實，喝茶、休息。沾著粉的黑色麻糬和茶一起被端出來，我捏起一塊一看，比一般的麻糬柔軟，味道像玉米，但其實跟玉米還是不太一樣。老先生說「那是七葉樹的果實。」大家都是有生以來第一次吃七葉樹的果實。「好吃！好吃！」三人都覺得稀奇地叫喊著，把嘴巴塞得滿滿的。滿滿一盒果實，很快就見底了。

「好了，走吧！」

S子邊擦嘴邊的黃粉率先站起來。

「走吧！」還以為要回去了，哪知她跑到門外五、六棵栗子樹下，不停尋找栗子。

「T桑！T桑！趕快來呀！看！那裡有好多栗子不是嗎？」

「好！等等。我馬上去摘。」

T走到河邊的草叢，搖晃帶有果實的樹枝，撿起掉落的栗子，然後跑到站在路旁的她身旁。「你看！」邊說邊拋出栗子。

「哇！好棒，好棒。」

S子連續叫喊，用木屐踩著栗子外殼，身體像陀螺轉了兩、三圈。外殼在她的腳下裂開，光亮、新鮮的茶色果實從裡頭滾出來。

「姐夫，怎麼樣？我厲害吧！我可是取栗子的名人哦！小時候我家的庭院有十三棵栗子樹，到了秋天就會像這樣取栗子遊玩呀！」

說著，繼續用木屐踩著殼團團轉。每次轉身時，平紋薄毛呢的友禪衣袖瞬間化成往空中翻飛的紫色。由於從小練習的動作極為敏捷。儘管天已經快黑了，她似乎已完全忘記，沉迷於栗子。穿著繫有紅絹繩子的高尾木屐，力量凝聚在白皙修長的赤腳上，細細的腳踝猛然用力地踩著栗子外殼團團轉……。

三人再回到某寶溫泉前時，不知何時周邊已經微暗，我左右袖兜裡S子撿拾的栗子正滾來滾去。

T說：「木通的果實意外冰冷呀！感覺手掌都快結凍了。」

木通的果實本來有七顆，一開始他拿著蔓藤喧鬧，結果掉到地上，只剩兩顆。因此，中途改為放在手掌上小心翼翼拿著。

大正八年，一九一九年

殘虐記

T兄：

後來由於忙碌，疏於問候，抱歉！之前約定的龍亭事件紀錄，拖延了許多；總之，資料整理如別冊，有空時如能過目，幸甚！

正如先前所說，不知為何當時發生地的報紙並未大肆報導這個事件，而是被簡單描述成常見於三角關係的幫助自殺罪，因此並未引起世人注意。不過，仔細推敲其內容，絕非前述可以輕易忽視的事件。即使單看事件表面所顯露的內容也可說是相當「獵奇」，但就事件主要人物增吉的心理過程而言，不能單純以獵奇來概括，相信慧眼如你應該很容易諒解。我向你展示這份紀錄，並希望你能過目，乃是因為這些內容可能引起你的興趣，如能引起你的創作衝動，日後從這份素材產生驚人的作品，這是我私心期待的。當然這是我外行人膚淺的想法，或許你認為這樣的東西沒有當作創作材料的價值。如果是那樣，請你不要有顧慮的讓我知道。材料的取捨選擇當然是你的自由。我並不是要強迫你將它寫成小說，只是希望你一定要好好保管這份原稿，如果不用的時候請寄還給我。縱使你用不著，但我好不容易整理成這樣一冊，在我過去處理的多數案件中，還是史無前例的情況。因此，這份筆錄對我來說，不知何時或許會有參考價值。

其次，需要聲明的是，如果由我親自執筆，或許能夠寫得更好；但因為自己雜務纏身，騰不出充分的時間，所以大部分是我口述內容，由學生筆記。文章依照我所說的內容謄寫，並未經過推敲，所以一定有意思不明確或難於判讀之處。本來在製作這份文稿之前，應該再次確認對事件當時的各項紀錄、登場諸人物的訊問調查等毫無遺漏並重讀，再加以整理歸類，建立容易了解的順序，然後依序敘述。然而，現在並沒有餘暇，僅能就想到的、自己易於敘述的順序來羅列事件。這地方要請你加以判讀。

1

我跟這事件產生關係，是在事件發生過了大約半年，轉移到神戶地方法院之後的事——也就是我被選任為被告今里村子的義務辯護人之後。為了方便起見，回溯事件發生之初，就從被告遭到神戶市兵庫警察局逮捕前後的情況說起。

事件發生的地點是同市兵庫區湊川新開發地，一間叫龍亭的西式餐廳二樓。這間西式餐廳是在當地多家中華料理店、西洋餐廳、壽司店、關東煮等小料理店中的一家，生意相當興隆，不過，並不是什麼有特色的店。勉強要說特色的話，是掛著表面繪製西洋的龍、寫著英文字 Dragon 的小看板。聽說以前到了晚上，英文字會以霓虹燈的方式出現，但是事件發生之後就不再打霓虹燈了。餐廳名為「龍」似乎有點突兀，我認為是從棒球的名古屋龍隊所聯想到的。但是按照今里村子的說法，情況並不是這樣，從她丈夫今里增吉已逝的父親那一代開始就使用這個名字。原本父親在三宮的生田神社附近經營西式食堂，當時被稱為龍亭，二次大戰結束後增吉在現在的地方開業時，就沿襲了這個名字。

昭和二十八年七月二十一日的清晨二點多時，有通電話打到了兵庫警察署，大意是在前述的龍亭有非自殺的死者。打電話的人是附近的川邊醫師。刑警趕到現場一看，在二樓的六帖房間裡，龍亭主人增吉表情痛苦地倒在那裡。根據川邊醫師的敘述，大約在一個小時前，有名男子自稱代替增吉的妻子打來電話，說老闆藥物中毒，情況嚴重，請他快點前往診療。因此，大約四十分鐘之後，醫師在護士的陪同下，自行開車出診。

川邊醫院與龍亭的距離大約兩、三分鐘，但是剛睡著就被叫醒的川邊醫師，直到準備好把車子開出車庫為止，多少拖延了一些時間。如果快一點的話，二十分鐘內應該就可以到達。川邊對於拖延時間抱有自己的理由，其實，像今晚這種從龍亭打到川邊醫院的電話，已經不是第一次。說著「先生病重等等」，在深夜時分把川邊叫過來的電話，到目前為止也有過兩次。一次是在今年三月左右，那時是太太親自打的電話，故意不說是藥物中毒，而是說丈夫突然感到腹部激烈疼痛，似乎不是一般的肚子痛，希望能儘快趕去。結果去了一看，竟然是喝了老鼠藥。由於服用的藥量輕微，沒有達到致命的程度，在經過洗胃、利用活性炭吸附、服用解毒劑等處理之後，幸運地平安無事。第二次是在五月中旬，那時可能和今夜是同一人，說是代替太太打的，告知老闆再次藥物中毒，所以就趕過去了。

當時中毒的情況跟第一次大不相同。第一次很容易就診斷出是老鼠藥中毒，第二次的時候，沒辦法馬上確定究竟服用了什麼藥？詢問了太太，一開始也說不知道是喝了什麼？症狀也跟上次略有不同，嘔吐物中沒有磷光或磷臭味，患者頻頻流口水，頸部有勒緊之感。最初脈搏表現徐緩，之後頻率增加，接著出現呼吸困難、痙攣等症狀。總之，跟上次相比起來，患者的狀況相當危險，經診斷是服用過量藥物；後來根據患者的自白，他煮了菸草將其溶解於威士忌後飲用，也就是尼古丁中毒。因此，川邊醫師用濃度百分之二的丹寧酸溶液來洗胃，讓患者吸入亞硝酸阿米爾、注射阿托品，以及服用強心劑等等，好不容易把患者從死亡邊緣救回。因為有過這兩次的經驗，七月二十一日深夜第三通電話打來的時候，川邊醫師也提不起精神。川邊站在醫師的立場故作冷靜，保持著完成治療任務就夠了的態度；他當然能夠想像夫婦之間存在某種奇怪的隱情，此外也考慮不願意繼續負責這名男子的治療。

川邊醫師覺得奇怪的其中一點，是這名男子選擇的藥物種類。服用老鼠藥或尼古丁，無論哪一種都會讓身體遭遇激烈的痛苦。當下想自殺的人大多會使用不痛苦的安眠藥或其他麻醉劑來達到目的。這名男子選擇特別痛苦的藥物，而且兩次都失敗了。那麼這名男子並不是自己想喝，而是被什麼人強迫喝下的嗎？那麼首先會讓人懷疑的便是妻子，但這樣想也有不合理的地方。因為老鼠藥是最不適合用來進行毒殺的藥物，因為藥物會發出異臭，對方不可能在不知情的狀況喝下去。而尼古丁的味道非常苦，除非抱著必死決心，否則沒有人會喝那麼難喝的東西。而且增吉的情形是，自己從幾根紙菸中提取出尼古丁成分，這和是他太太預謀的假設有些格格不入。如果是妻子殺害丈夫，應該會使用安眠藥讓他靜靜睡著的方法。再者，如果是妻子讓他喝下藥物，第二次應該會更小心，兩次都陷入同樣的危險境地，也相當奇怪。如此思考的川邊醫師，懷抱著種種疑問，他認為在這個事件中說不定還有另外一人，活躍於這對夫婦背後的第三者掌握著問題的關鍵。

在前兩次的事件中，第一次是妻子今里村子親自打的電話，第二次則是自稱代替今里村子通知的男子所打來，而今夜，也就是第三次的夜半電話，打來的像是同名一男子的聲音。川邊醫院接到電話的人是護士S子，雖然不是川邊本人，但川邊在前往龍亭出診時，也見過這個聲音的男子兩、三次。由於前兩次事件與之後的照護，至今為止川邊曾出診龍亭十幾次，那裡除這對夫婦之外，還有兩個小女孩，似乎還雇用了一名男子。川邊白天前往出診時，看過小女孩，而那個男人可能是在廚房工作，所以很少見到。但是，川邊半夜過去的時候（其實也只有兩次）沒見到小女孩，但那個男人有出來稍微應對。男人似乎不太願意讓川邊和護士看到他的臉，只是因為半夜突然有病患，老闆娘村子一個人照顧不來，一副不得已幫忙的樣子。他絕對不到病人的房間，只在樓梯中間詢問事情。老闆娘村子叫這名男子「阿鶴」，男子的回答只有「是」或「哦」，話很少，至於對村子的回覆究竟怎麼說的？就不知道了。當然說這些，並不意味著這名男子一定有問題，但儘管如此，川邊醫師認為這名男子應該不是一般的員工。或許是第六感，總覺得這名男子的存在讓人並不愉快，他與這對夫婦之間一定有什麼問題？既然這樣，如果有人問，那他是怎麼處在夫婦之間呢？增吉兩次中毒的事件跟這名男子又有怎樣的關聯呢？這是難以理解的地方，不過這種奇怪的中毒事件反覆發生，早晚會引發犯罪事件。那麼進行治療的醫師難免也會捲入不是嗎？至少會經常被叫去做筆錄，遭遇這些麻煩事吧！川邊醫師不禁有這樣的預感。

因此，在接到第三次希望出診的電話時，他心想「又來了！」而感到狐疑。放棄了跟時間賽跑的患者，又因為擔心自己會有責任，最後還是出發了。他按了門鈴，店內燈光亮起，前述的男子「阿鶴」打開門，指著樓梯說請！老闆娘很快走下來，招呼川邊和護士到二樓。一進入房間，強烈的石碳酸臭味撲鼻而來。川邊從氣味判斷這次似乎不是老鼠藥或尼古丁，並且得知患者似乎已經咽氣。由於是盛夏的夜晚，死者腰部以下只穿一件內褲，上半身穿著皺綢的短袖襯衫，痛苦得把襯衫撕個破碎，仰臥在床上。從床鋪的四周到房間中央，有濃稠墨綠色液體流過的痕跡，就連榻榻米的縫隙和死者的內褲都沾到了。老闆娘向我們說明，這黑色的東西是死者的尿液，丈夫今晚喝了來舒[27]。的確，嘴唇和口腔黏膜上有灰白色的腐蝕，口中發出更強烈的石碳酸臭味。川邊醫師確認死者的情況後，馬上到樓下打電話，親自向警察報案有被害者。

直到七月二十一日為止，事件的經過到大致如上。

警局的刑警、法醫、檢察廳的官員、新聞記者等人很快就趕到現場，圍繞著死者的妻子今里村子並對其提出兩、三個疑點；在樓下廚房的員工野本鶴二也被叫出來。

27 譯註：Lysol，清潔劑，有毒性。

對於除了他以外店裡還有誰的問題，村子回答，還有兩個小女孩在這裡工作，每天晚上十一時回家。

村子穿著剛清洗上漿過、白底上會有模仿東鄉青兒[28]藍色裸體畫圖樣的中型浴衣，腰間繫著鮮豔的粉紅色伊達腰帶的模樣，和大家應對。針對刑警詢問，增吉身上的襯衫被抓得皺巴巴的死狀，那你是從什麼時候開始穿著那件浴衣呢？她回答，其實是因為丈夫的嘔吐物把睡衣弄得髒兮兮，所以剛剛才換過這件浴衣。刑警又問，那件睡衣在哪裡？村子從旁邊的櫃子取出被揉成圓形、皺巴巴塞進去的骯髒衣物遞給刑警。刑警把它攤開來看，白底有藍色直條紋的睡衣上，也有一、兩處被撕裂了，上衣和褲子上有茶褐色和墨綠色的斑點，數量不像死者襯衫那麼多，但卻稍微附著在許多地方。刑警判斷墨綠色的大概是死者的尿，茶褐色似乎是村子的血跡。因為，他們從一開始就發現村子的左耳邊有被牙齒咬過已凝固的一點血跡，手腕和腳踝上也有齒痕、青瘀痕以及血跡。

當時村子說，「老公說，我死後拿給大家看，寫下這樣的東西而死了。」

之後便從死者的墊被下拿出寫好的東西。

28 譯註：東鄉青兒（1897 - 1978），日本現代西洋畫家，以繪製女性畫像聞名。

那是從筆記本撕下來、畫有格子的西洋紙，上面有一字一字端端正正，很容易閱讀的字，字體有點大。紙張沒有裝在信封裡，只是折了兩次；村子在大家的面前將它打開，放在榻榻米上，刑警和新聞記者都不約而同馬上看了起來。

以下是它的全文：

我今里增吉要自殺。

我知道妻子今里村子有情夫，我也知道她想跟他結婚。而我是猶如獻身一般的愛著她，因此為了她的幸福甘願自殺。

我死了，世人或許會認為是村子殺了我。如果變成那樣的話，她就太可憐，也違反了我的意志，所以為了不讓世人起疑，我寫下這封遺書。

我確實是自己喝毒藥而死的。請不要懷疑！

不過我自殺的方法並不平常，而是有點奇怪，所以儘管我這麼寫，或許世人還是認為我是被殺害的。因為擔心這一點，所以我要稍微說明。

我為了妻子的幸福而自殺，但這並不是無條件的自殺。這裡有一個條件，我的妻子需要實行這個條件。

那是怎麼一回事呢？我是自己喝下毒藥身亡，而我使用的毒藥會造成相當程度的痛苦。在喝了它之後，我會痛苦掙扎兩、三個小時才死。在我痛苦掙扎直到最後死亡為止的這段時間，村子必須一直坐在我的面前注視著我。她不必幫助我自殺，但條件是要陪伴我直到死亡前的最後一刻。

還有另一個條件，當時房間裡面除了她之外，不可以有其他人，必須只有我與她二人。

我想像著自己在她的注視下痛苦掙扎而死去，沒有比這個讓人更快樂的死法了。感覺甚至比活著為她所愛，更加幸福十倍。我認為那樣子死去之時就是人生快樂的頂點。妻子也發誓會按照我的條件來實行。

昭和二十八年七月　口

今里增吉記

當時大阪和神戶的地方報紙都刊載了遺書的部分內容，但是沒有人特別留意。

2

接下來繼續說明我與事件有了關係之後，進行直接調查所得到的內容。

關於這份遺書，人們有著許多懷疑，最大的疑點便是它是否由增吉親筆寫下？此外，遺書的內容也有疑點，首先是筆跡的問題。因為和增吉留下寫在其他紙片上的文字進行比對，這份遺書的文字看來有些異常。他平常的字，雖不是寫得很差，但線條細、形狀也常縮在一起，遺書上卻沒有這樣的特徵。可是，如果這份遺書是偽造的，唯一可疑的人選就是鶴二，然而經鑑定後專家一致認為不是他幹的。專家們一再推敲的結果，認為是由增吉親筆寫下的。沒有表現出平常寫字的特徵，正說明出他特別慎重小心書寫的情況！村子也證實了此一說法。也就是說，增吉知道自己習慣把字寫得不清楚，所以留意要寫清楚。增吉撰寫這份遺書的目的是不要讓妻子受到懷疑，所以死亡之後馬上將這份遺書曝露在許多人眼前，希望世人因此相信妻子無罪，因為這個想法而寫下的。村子說，其實增吉寫這份遺書時我在他身旁，監督他要把字寫清楚。

其次是關於遺書的內容，遺書中所寫的內容是否可以全部視為真實？例如增吉自己是否從一開始就是「積極快樂自殺」的呢？是否有受到妻子或情夫的懇求、壓迫，乃至脅迫等狀況？又，真的是完全自殺嗎？還是有妻子等人的幫助呢？

增吉為什麼會欣喜於把異常的肉體痛苦加在自己身上而死呢？他是否有嗜虐的傾向呢？這些都是大家很容易想像得到，他所懷抱的理由。是否還有其他的理由呢？

我認為遺書的陳述中有矛盾之處。增吉一方面說，因為獻身般愛著妻子的緣故，為了她的幸福而自殺。另一方面，又相信「在她的注視下痛苦掙扎而死」是人生最大的幸福，所以為了得到這樣的幸福而自殺。增吉真正的目的到底是哪一個呢？

再則，或許也可以這麼想，增吉只是對「在她的注視下痛苦掙扎而死」感到愉悅，並未追求「死亡」不是嗎？對村子稱「為你而死」，因為這個目的仰藥自盡，經過計算總是在真正死亡前的一步停止，享受那到此為止的過程不是嗎？這麼說的話，前兩次沒有成功死亡的理由已經解開了。如此一來，在遺書上寫下假話，藉此增加逼真的戲劇性，不僅是村子，連自己也欺騙了。第三次也不是真的想要死，而是因為計算錯誤而死掉了。

想到這裡，又產生了一個新想法。第三次的死不是自殺，或許是為村子所殺。這麼說來，因為前兩次發生的事，村子知道丈夫不是真正想死，可能第三次自殺時偷偷在藥液裡動了手腳。例如瞞著丈夫添加一、兩滴來舒以增加濃度，或許也是有可能發生的。她不僅想和情夫結為夫婦，應該也受不了兩次被迫注視丈夫痛苦的樣子，因此希望丈夫死掉不是嗎？

由於眼下的情況，像這樣的推測不停浮現；這裡有解開增吉死亡之謎的重要關鍵事項，遺書中卻絲毫沒有提及。那就是昭和二十年八月六日廣島被投下原子彈時，增吉就在那裡，是受災者之一。他的左下顎邊緣有著輕微的傷疤，就是那時受傷留下來的，後來並不很明顯，不過一開始應該相當醜陋。而且，雖然外傷已經痊癒，可是內臟和血液的異常、眼睛看不見的精神性不安等症狀似乎已經困擾他相當長的一段時間。

不清楚他在遺書中為何沒有提及這個重要事件？村子說，是因為沒必要跟她說她也知道的事，所以省略了吧！可是正如前述，這封遺書並不是要給村子看的，作為自殺理由之一的這個事實，無論如何都不可以被漠視。她又說，或許丈夫是不願意向別人說起，自己身心受到原子彈創傷一事吧！總之，真正的理由連村子也不知道。這只是我（筆者）一己的臆測，我認為增吉遺書裡不寫這一點，是因為自己是為了「殺身成仁」獻身式的愛情而自殺，希望世人能夠這麼相信，沒有其他理由。他希望世人認為自己純粹是為了她而奉獻生命，可能的話，也希望村子這麼認為，甚至連自己也是這麼認為的。

針對增吉的心理，留到後面再談，這裡先聽聽村子的供述吧！

村子是大正十三年生，昭和十四年虛歲十六歲時與增吉結婚。亦即在今年昭和二十八年她是虛歲三十歲。她十四歲時，在增吉父親增造經營的三宮龍亭擔任傭人，並住在那裡。當時增吉住在父親家，並未在店裡工作。他在海岸街的國泰飯店廚房工作，每天從位於三宮的家前去上班。之後，在昭和十三年冬天父親增吉病逝，面臨後繼無人的困境，於是他辭掉國泰飯店的工作當起了龍亭的老闆。他是大正十四年生，在昭和十三年二十四歲時，就當了一家店的老闆，二十五歲時娶了年輕九歲的村子。本來增吉並不甘心只當西餐店的老闆，而是懷有從事飯店或什麼大事業的雄心壯志，繼承父親的店舖並非他的本意，是在當時仍健在的母親頻頻勸說下才改變心意。母親知道增吉喜歡村子，勸說他娶了村子之後，夫婦同心協力把生意做大。增吉對此相當心動，畢竟自己也喜歡村子，於是有了和年輕妻子一起打拚的心情，大概就是這樣的過程。

婚後第三年，昭和十六年增吉的母親過世。增吉有兩個弟弟，一個在昭和十六年時被徵召到盧溝橋戰線，一個加入廣島師團隊。長男的增吉因為小時候右手食指受傷，所以免除兵役義務。乍看之下，似乎沒有任何故障的健康身體，右手食指不能自由伸展因而無法扣動槍枝扳機，並以此免除兵役。然而，村子並沒有看到丈夫的右手在工作時有任何不便。要做任何一件事，那根手指都沒有障礙，看來也伸縮自如；但是在徵兵檢查時卻故意做出不能隨意屈伸的樣子，加上在X光檢查中也發現了關節的障礙。因為這些理由，從戰爭開始到十九年的春天，增吉都沒有被徵召。雖然夫婦繼續經營三宮的店面，然而對食物材料的管理日益嚴格，因此幾乎處於歇業狀態。

家裡有兩、三名男女員工，先後被徵召到軍事相關的工廠，最後只剩下夫妻二人過日子。婚後大約經過六年，夫婦之間也沒有孩子。醫生說，無法懷孕是因為村子子宮後傾，加上腹膜沾黏。到目前為止雖然有兩、三次受孕經驗，但都是兩、三個月後就流產。雖說只要動手術就可以生育，但是增吉和村子都不積極。雖然二人都想有孩子，但聽說偶而手術會失敗，也不是沒有關係到生死的情況，因此，增吉比村子更加擔心。不過，增吉反對的最大原因，是他討厭手術之後村子的腹部將會留下疤痕。

時光飛逝，來到十九年的春天。夫婦生活漸漸變得窮困，必須要被某個工廠雇用不可了，找到的門路是在相生町二丁目，神戶車站附近製造彈藥殼的工廠，增吉先被雇用，不久村子也受雇於同一地方。夫婦每天早上一起出門上班，傍晚再一起回家。就這樣大約過了一年，直到二十年初夏，神戶市東部一帶被燃燒彈燒毀為止，二人就那樣生活著。六月五日上午，主要市街全部化為灰燼的時候，三宮的家宅和上班的工廠也都被燒掉了。夫婦倆先棲身於村子娘家所在的兵庫縣寶塚前，從鐵路生瀨車站搭巴士大約一里路程的鹽瀨村名鹽的農家。然而，因為不方便一直待在貧窮農家的狹窄茅屋中，最後只好寫信給廣島的叔父，請求他想想辦法。

這位叔父是亡父增造的親弟弟，當時是廣島高中的國文教師。說來，今里一家本來在廣島縣出身，增吉雖然出生於神戶，父親增吉與其弟安次郎是廣島出生，現在籍貫也還在廣島。增吉很少探望叔父家，叔父在增造死後常常來三宮過夜，有事時常是商量的對象，因此，眼下增吉只能跟單身的叔父商量看看。

三月神戶西部一帶、兵庫方面被焚毀時，叔父因為擔心，從廣島來探望，也說過：看這個情形三宮附近早晚也會被燒毀，在還沒受傷之前把財產和工具處理好，收拾收拾家當，把老婆拜託給鄉下親友，單身一人租房子也比較方便。又說，你一個人在廣島說不定我可以幫你找到工作，不過，或許哪天廣島也會被燒掉。之後，叔父寫了兩次勸告信件，當時的增吉不是那麼輕易聽進叔父的忠告。增吉堅持雖只是小小的西餐廳，也是父親那一代所建立的店鋪，直到被燒毀前都不想離開，然而實情卻是不希望夫妻分離。

他沒有對叔父這麼說，但是對村子坦白了真實的心情。他在從盧溝橋事變到戰爭階段，許多青壯年人不得已離開家鄉的時代，可以過著每天都看到妻子的生活；即使身處店內人手不足，連女性都一個不留的被徵用，家裡只剩下夫婦二人的情況，他也覺得這樣更為幸福。他希望這種狀態可以持續下去，所以無法聽從叔父的話。不僅如此，在失去自己的房子之後，即使待在妻子的娘家，他也希望盡可能地和妻子同住。然而，村子父母這對老夫婦加上媳婦、女兒和孫子的貧窮農家，根本不可能提供他住宿，即使同住也要和兩、三個小孩睡在同一房間。神戶的工廠沒了之後，增吉不得不改做其他工作。因為一旦遊手好閒起來，無法預料哪天也會被徵召，這麼一來，說不定會被派遣到某個遙遠的陌生地方。增吉心想這樣的話，不如逃到叔父那裡，在那邊找個工作。於是想起叔父曾經說過，自己跟軍方相熟，如果過來的話總有辦法，於是他寄出請求信件，說明如果可以，也想帶妻子一起過去，在這裡的鄉下實在沒有可期望的，希望妻子在廣島也能有工作。

大約過了十日之後的六月下旬，叔父回信來了。信中說到，收到信後就馬上到各處詢問，希望盡可能找到跟在神戶時期同樣的工作，於是找到製作彈藥箱的工廠。地點是靠近宇品叫做翠町的地方，從我家走路過去五分鐘可以到達。順便一提，你一個人過來，我家空間狹窄，沒有夫婦兩人的房間，如果希望村子過來的話，非得要租房子不可，等找到工作再叫她來比較好，所以希望等到以後再說。因此，增吉先一個人單獨出發。

增吉出發是在七月初的時候。因為很難買到前往廣島的車票，還是拜託叔父動用關係好不容易才買到的。在他出發時，叔父說之後再叫老婆來的話語，究竟是純粹的安慰，抑或是會認真幫忙也無法確定。同月下旬，增吉對村子說你的工作找到了，在叔父家附近的二樓租屋也敲定了，請馬上過來吧！因此村子預定最晚八月十日要動身，於是開始準備、打包。然而，就在她出發前的一、兩天，災難降臨廣島。

由於是這樣的情況，對於丈夫當時經歷的，村子是事後才從丈夫口中聽到，並不知道詳細情形。丈夫碰巧在當地，遭遇了不可思議的災難。聽說是原子彈，接近核心地帶的人大部分都死了等等的消息，當天也傳到草木茂密的名鹽深山之中，儘管村子擔心丈夫的安危，但眼前也沒有確認丈夫生死的方法。由於坐立不安，只好先到神戶，在廢墟一帶閒逛，碰到兩、三個認識的人，互相打聽廣島的情形，大家都露出誇張的恐怖表情，擔心接下來不知哪個城市會遭到攻擊，盡是一些不著邊際的話。熟識的三角窗洗衣店叔叔，對於廣島的地理非常熟悉，於是村子抓住那位叔叔問東問西。

增吉叔父的家在平野町，增吉最近租的二樓房子聽說也在同一個町內，依照洗衣店阿叔的說法，那個地方距離爆炸中心點不遠，直線距離不到兩公里。要到增吉上班的工廠，信上所寫大約是走路十五、六分鐘的距離；洗衣店阿叔說，翠町位在爆炸中心點的相反方向，不過全部距離都在三公里左右！

隨著後續的新聞報導以及傳播過來的消息，增吉和叔父安次郎一家的命運，大家只能抱持著悲觀的態度，村子大致上也有了心理準備。如果平安無事，他們家應該會有人傳遞信息過來，經過十天沒有任何這樣的消息。但如果不能前往當地找到死亡的現場，是無法死心的，因此無論父母如何制止村子也不聽從，決定前去看看，然而有一天卻傳來了丈夫安然無恙的消息。信是從宇品海岸的能美島上某戶農家寄出來的。「眼下自己和叔父二人受到這個家庭的照顧。叔父家中獲救的只有叔父一人，其餘的人據推測應該都死了。自己在那個紀錄性的瞬間，被壓在受爆風震垮的建築物下面，因此奇蹟般逃過一死，靠著自己的力量從倒塌的房屋下爬出來。一起工作的同事之中，有當場死亡的，有當時獲救，但隨著時間過去出現種種惡劣影響而死的，也有許多人受傷瀕臨死亡，但幸運的是自己可以活到現在。根據目前的情形，往後或許也不會有特別狀況。其實應該早日通知村子，但因為身心受到的打擊太大了，甚為疲勞，所以沒有辦法寫信。而且我認為確認叔父一家的平安與否才是當務之急，所以從那之後花了好幾天在搜尋他們。當時自己的體力已經用盡了，幾乎馬上就知道叔父家人的死訊，而叔父工作的廣島高中應該也遭到災害，但相關消息還不明朗。叔父似乎還沒過世，可能逃到哪裡求生了，自己每天到學校附近以及能夠想到的地方尋找，終於知道他被能美島的熟人救了出來。現在連自己也被他們收留受到照顧。」信上的大意如此。

增吉信上寫的日期是八月十五日，寄到村子手裡是一星期後的二十二日。雖然信中說著「沒有什麼特別狀況」，但村子能夠想像丈夫或許非常衰弱或是受傷了。信上寫著「被收留、受到照顧」，如果手腳無礙有寄信的餘裕，應該也可以回到妻子所在的鄉下地方。從字跡來看，或許手指會顫抖？看起來跟平常不一樣、很笨拙的樣子，讓人覺得應該是身體的哪個部分受傷，勉強忍耐著寫字的樣子。信中沒說出來，但說不定是受傷了呢？雖然不知道為什麼住在現在的家，但如果可以搬到名鹽來不是更好嗎？比起住在那裡接受別人的照顧，這裡雖然狹窄但應該比較輕鬆吧？想要前去探望順便接他回來，路程該怎麼走？雖說廣島相當危險，避開為宜，但要在哪裡下車？那邊最欠缺的東西是什麼？有什麼能夠在這邊添購的東西可以帶過去？村子一再寫信詢問這些問題，不知為什麼的音信全無。八月就這樣結束了。

3

沒有信件到來，讓村子更是擔心，在等不得回信寄來的情況下，決定無論如何都要去看看，途中她在尼崎熟人家中過了一晚，翌日早晨出發到吳市，從那裡搭船，在九月三日前往能美島。

關於村子在能美島與丈夫再會前後的陳述，對此當事人有著無限感慨，但內容過於詳細且太囉嗦，跟這個事件沒什麼直接關係，在此予以省略。例如，安次郎和增吉躲過劫難的過程、安次郎以外的家人們所面臨的命運等等，這些對於身歷其境的人來說無疑是難以忘記的經歷，但跟那些在廣島和長崎性命危在旦夕、受到救助的各種公開遭難經驗，卻是大同小異。總而言之，安次郎和增吉同樣是從倒塌的建築物下爬出來逃生，接著在市內臨時收容所接受兩、三天治療之後，靠著能美島上清水某人的救助被送到同一家庭。這是因為戰時安次郎常帶領學生幫助能美島清水家的農作，主人也贈送過芋頭和雜糧稻穀等，和這家人的交情親密。八月六日事件發生的時候，清水馬上準備船隻趕赴救援，探尋受災地的親朋好友狀況，不久他就掌握到安次郎的行蹤並將其帶回島上，幾天以後又找到增吉，於是才會跟叔父待在一起。

村子是爆炸後第三十一天才見到叔父和增吉。最初見到時，二人身上似乎沒有明顯外傷。聽說清水家在當地算是中等農戶，是村子在名鹽的娘家無法相提並論的富裕農家，過著相當優渥的日子。他們將嵌著散發黑色光澤板門的八帖大儲物間，作為二人的寢室。村子是在下午三點鐘左右到達，被帶去探訪的時候，二人正躺在房間的墊被上，頭靠在花草蓆製作的角枕上，即使看到她進來，他們也沒有急著要坐起來的樣子。村子也馬上了解到，二人似乎沒有受到表面之外的其他傷害。枕邊擺放著杯子和水壺，他們一邊和她交談，一邊輪流喝水。在這之間增吉起身盤腿而坐，安次郎把頭轉向村子這邊，依然很辛苦地躺著。

村子從戶外明亮的地方進入有光線差的儲物間，一下子沒有察覺，等到村子的眼睛習慣了之後，看到叔父的手腕和腳上，處處有著像猩紅熱快好時那樣的乾癟瘡痂，還有全身皮膚都有像黃疸的黃色。伸出來的兩腳的下腿部，浮腫如腳氣患者；叔父有時用手指壓那裡，馬上凹下去。頭上邊角的頭髮有兩處禿了，床單上掉著兩、三根頭髮。叔父對村子說，最近掉髮總算停止了，有一陣子每天都掉好多。叔父還說，身體有許多地方不尋常，處處出了問題。應該是一般被爆患者困擾的後遺症，依推測會出現嘔吐、貧血、浮腫、亞黃疸、牙齦和口腔粘膜出血等症狀。叔父曾有一段時間逐漸康復，但一個月後，病情急速惡化過世了。不過，增吉和村子對叔父逝世時的狀況不甚了解。夫婦倆認為已經不用擔心叔父了，沒有想到安次郎的病情會惡化。村子在到達島上三天後，即九月六日離開清水家，翌日回到名鹽。叔父在他們離去之後，停留在能美島大約兩週，同月下旬回到宇品。二樓租房的通知到達他們夫婦身邊是在十月初。叔父遭遇到除了自己外，所有家人都被爆死的悲慘命運。由於對叔父孤身一人的孤獨境遇感到同情，心想一定要前去探望，但增吉對自己的健康狀況沒有信心，打算稍微養好體力後再去。但僅僅相隔幾日，叔父病危的電報傳來，緊接著訃聞也來了。在還活著的親戚之中，增吉夫婦是最親近的人，二人趕往宇品處理葬禮及其他種種事務，直到頭七之前都留在當地。直接的死亡原因聽說是白血球異常減少，臨終時主要依靠能美島的清水先生照顧。有關增吉的叔父安次郎的報告到此為止。因為安次郎跟這次事件沒有太大關係，所以今後很少談到他。不過，他的死亡無疑對增吉的精神產生相當大的影響，因此，在這個意義上，安次郎的存在不可輕忽。

村子在能美島見到丈夫時，他的症狀看來比叔父輕得多。叔父說自己全身像喪了氣似的慵懶，連把橫的東西轉直的力氣都沒有，全身感覺像是虛脫了，而丈夫似乎還好。儘管本來就營養失調，沒有食慾、體瘦，加上口內炎口中潰爛，據說有時會頭痛和眩暈，不過好像沒那麼嚴重。然而，村子最掛心的，是增吉對她的態度跟以往稍有不同。他離開名鹽是在七月初，與妻子在能美島相會則是九月三日，兩個月沒有見面，村子覺得丈夫有所改變，跟以往不同。整個人沒有元氣，顯得茫然，這也是不得已的。

村子以為他的身體情況好了之後，很快就會恢復。然而，暌違兩個月，越過生死關頭之後與最愛的妻子見面，丈夫的臉上並未出現感激的神色。

說起最初抵達島嶼的那個晚上，曾有過這樣的事。

夜晚，當村子上廁所時，在走廊上被清水太太叫住「等一下」，便靠近她耳邊說到：「有一件失禮的事……」

接著以有點難以啟口的口吻說：

「你們的寢室另外安排在那邊。」

原來，清水先生把安次郎和增吉安排住在儲物間，但今晚多了個村子，於是想要將夫婦倆安排到其他房間，中間夾層天花板上的房間雖然小又髒，但希望他們能稍加忍耐利用那裡。村子過意不去地道了謝。清水太太接著說：

「您的先生說，我們跟叔父睡同一房間，不必做特別的考慮，無論如何都要推辭，那樣做反而對叔父不好意思。該怎麼辦呢？」

村子知道剛才增吉和清水太太在走廊上小聲地討論著什麼，原來就是在商量這件事。清水太太考慮到兩夫婦隔了好久才見到面所做的特別安排，增吉卻不領情，所以無法理解他的想法。或許他的內心其實希望能這麼安排，但在叔父和清水家面前羞於啟齒，可是推辭說得太過認真，彷彿真的對此很困擾，像是真的辭退。或許是真的對叔父感到不好意思，雖然讓叔父獨自睡覺並沒有到不放心的程度，但如果有事需要叫人，夫婦在旁邊總是比較安心，或許是這樣的意思。「總之，那邊另外準備了，怎麼樣呢？」丈夫也不知道要怎麼對村子說。丈夫聽到清水太太這樣的考慮，卻擅自拒絕一事，也沒跟村子說。她是第一次從清水太太那邊聽到這件事。

老實說，在村子來到這座島嶼，尤其是剛抵達的那個晚上並非不在意。昭和十四年她跟增吉結為連理後，倏忽即逝的六年間，兩個人沒有一天分開，即使在六月三宮被焚燒後疏散到鄉下，兩人與外甥的小孩並枕而睡，儘管不方便，他的慾望也不是沒有得到滿足。而村子也一樣，對於增吉的索求更為強烈。因此，到了能美島之後該怎麼睡？村子自然也要考慮。從丈夫的來信，可以想像得出清水家的樣子，也知道叔父和增吉睡在儲物間，增加她一個人之後，難道要讓三個人同眠嗎？如果是這樣，能否請求另外安排二人單獨睡一處，也是個問題。

她擔著心兩件事。其一是三人同睡時，丈夫和她能否控制好自己。這麼說是因為在名鹽的時候，曾有過五、六個大人小孩一起睡在大通鋪的事。當時，雖然覺得如果小孩子醒過來會很不好意思，但二人每晚還是無法壓抑。那麼，對著叔父是否能夠不要露出那樣的醜態呢？村子沒有「不能」的信心。即使自己忍耐得了，丈夫應該也做不到。她知道即使叔父在，他也會失了分寸，熱衷於那件事。這麼說，如果讓二人睡在另一個房間，不僅不用自我控制更毋須擔心。因為現在丈夫不是如同往常的健康身體，對於過度耽溺的行為，無論如何不能不謹慎。丈夫欠缺自己剎車的意志，做妻子當然要適度調整。萬一失去節制，結果讓後遺症惡化的話，就是妻子的責任，而村子沒信心負起完全的責任。不僅如此，睽違將近兩個月，一旦機會來了，她的內心也有所希冀，或許反而是自己先提出要求，導致了惡化也說不定。

奇怪的是，從村子來到島上之後，幾乎未曾感覺到丈夫性慾減退，反而覺得更強烈。也不是沒想過後遺症的問題，但是關於疾病，信上既沒有詳細說明，從丈夫以往過度的情況來看，即使身體其他部位的機能衰退，那方面應該還是一樣，或者因此更集中在那方面，任誰都會朝自己期望的方向解釋，因此，村子也更傾向自己喜歡的想像。但是，丈夫意外地缺乏興致，雖然察覺到奇怪的地方，不等到晚上睡覺的時候也不知道真正的狀況。她心想到了晚上一切都明白了，剛才他對清水太太說的話，其中真意究竟是什麼呢？是暗示他也跟村子一樣，對情慾奔放有所警惕，因而避免二人獨處嗎？或者只是礙於體面口頭上說說而已？或是如清水太太說一樣顧慮到叔父呢？又或是丈夫眼下的健康情況產生不了這樣的情緒？所以對眼前心愛的老婆感到狼狽嗎？因此，難以對妻子啟齒，才什麼也不商量嗎？

「怎麼辦呢？那邊已經準備好房間了呀。」

（筆者曰：村子與增吉的對話使用了純粹的神戶腔，須如實寫出才能感受到那個味道，可惜筆者無法充分表現。）

到了晚上，村子找到機會，用叔父聽不到的音量詢問。丈夫卻轉向旁邊，只說了「這個嘛」，就默然不語。

過了一會兒，連村子的臉也不看，回答道：

「這裡比較好吧！」

結果村子住在清水家期間，接連三個晚上和叔父三人睡在儲物間內。叔父睡在上邊壁櫥的木板門前，接著是增吉，而村子睡在下邊的門檻旁。室內燈光雖然關閉了，但全家的拉門和隔扇都開著，廚房門口亮著的微弱燈光照射到這裡，房間裡的東西依稀可辨。不知叔父是否熟睡，他的身子一動也不動，背對著夫婦兩人，一直伸長手腳睡著。由於悶熱，叔父和村子都掀掉蓋被，叔父穿著短袖襯衫、紗布的短褲，村子穿著一件浴衣；中間的增吉，或許是為了避免腰間受寒，從下腹到膝蓋都用毯子裹著，臉朝向天花板。丈夫看來似乎睡得香甜，但村子從丈夫的鼻息知道他睡得並不安穩。她一直等到夜深人靜時，丈夫傳來某種暗示；到了深夜，丈夫依然朝向天花板，看也不看村子一眼。不過在這期間，丈夫將一隻手伸向妻子，村子握住那隻手，用力地往自己的方向拉過來，但丈夫的手沒有特別反應只是伸過來而已。村子再次用力一拉，那隻手反而膽怯地縮回去了。

「等等！」

村子試探著說。丈夫依然朝著天花板，手腕突然往相反方向移動，手背放在額頭上蓋著眼瞼。村子忍耐不住爬到丈夫的床鋪，接著親吻他的嘴唇、臉頰、整個臉部。即使如此，丈夫依然將手背放在額頭上，直到被村子撥開為止。無論村子做什麼動作，丈夫都只是被動的接受，村子熾熱的鼻息吹過來時，他困惑地轉向旁邊。彼此都不能發出大的聲響，村子偶而會小聲出說一、兩句話，丈夫也幾乎不回答，或者只說出「啊」或「唔」。不僅如此，丈夫允許她碰觸的只是從胸部開始的上半身，而不許碰觸被毯子包裹住從腹部開始的下身。村子用手在毯子上探查，毯子包裹得相當緊實，在背後打結，手想伸進去也進不了。由於氣候炎熱不需要這麼做，本來很容易流汗的人，在那麼悶熱的情況下，身體也沒有黏糊糊的。她撫摸著手腕，皮膚上完全沒有油質，乾燥的觸感跟從前的肌膚完全不同。毯子被包到膝蓋為止，下邊露出兩隻毛茸茸的腿，村子想把自己的腳插入雙腿之間，但是兩隻小腿緊緊合併，幾乎沒有縫隙，全身硬梆梆的。

第一天、第二天、第三天晚上都這樣過了。村子逐漸明白丈夫的情況不像想像中的那麼輕微，比外表看來嚴重得多，說不定會拖得很長。於是希望能早一天帶他回去，趕快接受阪神方面醫師的治療比較好。於是匆匆離開能美島，走的是跟來時同樣的路程。從吳市上路，在尼崎住一晚，翌日抵達名鹽。路途中丈夫似乎很累，不過搭船和上下火車的時候還不需要人幫忙。但似乎是疲累至極，跟他說話也不回，給他東西也不吃。來到名鹽之後，丈夫的舉止並沒有特別變化。就寢時依然用毯子把下半身裹得緊緊的。村子已經知道再怎麼引誘丈夫也沒有用，於是死了心；但覺得丈夫有什麼事瞞著自己，似乎把自己當成外人，而有所不滿和懷疑。有一晚，趁著丈夫熟睡時，她突然拿掉毛毯。毛毯底下穿著紗布內褲的丈夫被吵醒，慌忙地把背部轉向妻子，村子抱住他讓他仰臥，接著用盡全身力氣撲到丈夫身上並親吻他的嘴唇。

「停止！」

丈夫突然生氣的說著，使勁把她的舌頭往外頂出去，像是被什麼髒東西舔到似地把臉撥開。

「怎麼了？你為什麼生氣呀？」

即使這麼詢問，丈夫也沒回答。

「為什麼不可以吻你呢？從那之後就沒有抱過我不是嗎？」

接著村子又將嘴唇靠過去，再次被用力撥開。

「你不覺得很臭嗎？」

「很臭又怎樣呢？」

村子在島上時已經察覺到丈夫的口臭，心想大概是口內炎的關係吧，並沒有特別在意。尤其是在這兩、三天臭味特別強烈，即使兩人有點距離臭味也撲鼻而來則是事實，本人也頻頻漱口或是吞嚥口水。

「你不覺得臭嗎？對這個臭味無所謂嗎？」

「荒唐！你顧慮到我，但對於這樣的臭味，我無所謂呀！」

丈夫說：「我自己有所謂！」

「我不是考慮到你。我對自己的臭味受不了。」

因為這句話，夫婦交談了好一陣子，村子跟丈夫在那之後冷靜下來開始對話。

增吉說話的調子異常激昂，直到情緒恢復冷靜還需要一點時間。村子不明白，他為什麼那麼焦躁、生氣？依照她的推測，他的內心對自己的後遺症感到憂苦，同時又害怕被村子知道。為什麼要害怕呢？從那之後完全沒有了性衝動，即使跟妻子坦白了其他症狀，唯獨這件事不希望讓她知道。就他的角度來看，因為不認為現在這種狀態會一直持續下去，希望在妻子還沒有察覺之前治癒，所以才這麼焦躁。然而，這種疾病大概跟神經有關，越焦躁往往越會造成相反效果。增吉對於妻子的性要求，無疑更加苦惱；另一方面不想讓妻子知道的苦心，更是非比尋常。村子後來察覺到丈夫用毛毯裹著下半身的理由，覺得既同情又抱歉。

（筆者曰：增吉陷入無能症一事想對妻隱瞞的深刻理由，應該還有以下這一點。亦即他似乎擔心妻子會有情人。關於這一點，村子什麼也沒說，因此，現在暫且不提。）

那一晚，增吉對村子拿掉毛毯而相當生氣，雖然也有要遮羞的意味，但多少帶有自暴自棄、有自我嘲笑的心理。村子拚命安慰他道，不必那麼擔心原爆症，受到致命傷害的人現在大概死了，丈夫的口內炎應該是暫時性的，不久後一定可以治癒的。說盡了各種可能安慰的話，丈夫卻生氣地說：

「我哪天死了也不知道。」

又說，「我說的不只是口內炎這件事。」

對話之間，他逐漸變得沒精神，說話沒有力氣，轉而用訴苦的哀怨口吻把一切都說了出來。

4

增吉說——自己不只碰到了八月六日的原爆事件，之後的幾天也在爆炸中心地徘徊，因此明顯遭受到大量放射性輻射，已經覺悟到會受到後遺症困擾的命運，直到今天為止，肉體的痛苦還沒到達無法忍受的程度。那一天，他被爆風瞬間掃到，下顎裂傷，留下傷疤瘤子，不過並沒有受到長期治療之苦。至於口乾、牙齦潰爛、口臭這些東西，跟叔父的情況相比都算是輕微的，所以自己可說是好運的被爆者。不過，老實說，自己在別人看不到的地方受到嚴重的傷害。到目前為止，沒把這件事跟人提起。自己並不是那麼早就察覺到。不！是在被爆之後不久就感覺到了，原本單純以為是暫時的現象，兩、三天後就會恢復正常，不幸的是，那之後已經過了一個月以上，卻毫無恢復的跡象。

增吉說到「別人看不見的部分」時臉頰紅了，怯怯地看妻子的臉，接著繼續說下去。

——以前的自己，經常對你相當自傲，無論什麼時候面對你的要求，「那部分」一直都維持著隨時可以應付的緊張狀態。每天早上在床上對著你誇耀「看這個！」讓你用手確認著它。其實，不限於早上，只要我看到你的肢體——只要在心裡想像你的存在，那部分馬上就會屹立不倒。那部分在自己意識到之前，就反射性地變成那樣。像用鋼絲把全身綁緊，肌肉的緊張感，對我而言那種感覺跟你合而為一，那種感覺就是你，離開那種感覺的你是不可能存在的。不知為什麼，從那時之後那種感覺就回不來了。從被壓垮、倒塌的屋頂下爬出來，知道自己還活著的瞬間，有一陣子感到茫然，被遮蔽天空的蘑菇雲、地上凌亂的倒塌房子、堆積如山的死人和傷者、痛苦哀號的慘叫聲等等所震懾；然而即使身在這些異常的光景之中，另一方面我的眼前還是浮現你的姿態，你的臉型、體型的各種狀態、鼻子的樣子、臉頰的微凸、嘴唇的濕潤、舌頭的觸感、毛髮的光澤、腹部的隆起、手腕和大腿部的緊實情況等等，想起所有屬於你的東西。那些東西，動不動就像蘑菇雲那樣浮現虛空，清晰可見。自己走在被毀滅的街道廢墟之中，好幾天四處打聽叔父消息之際，走累了在路旁一坐下來，即使是熾烈太陽照射的正午時候，幻覺中突然出現你的手腳的觸感。更別提到了夜晚，無論什麼時候不想著你就睡不著。躺在街上收容所的木板隔間時，轉到清水家儲物間之後也不斷感受到死亡的恐怖威脅，但另一方面越是感受到威脅就更執拗的繼續想你。然而，不可思議的是，以前心裡浮現那些幻想，「那部分」馬上就會有反應。可是，從那時之後就不會了。那種緊張感跟你合而為一，那種感覺應該就是你，從那天後它就跟你沒關係了。

增吉重複說——我從今年七月出發到廣島之後，到那個應該被詛咒的八月六日為止，跟你分開生活一個多月。那是結婚之後，我第一次跟你分居生活。那段時間，直到八月六日的到來為止，每天我那部分，只要心裡想著你就繼續有反應。跟你分開過日子，無疑是寂寞的，不過我的那部分無論何時都能感受到你。也就是說，你活在我之中。可是也是以那時為分界點，之後，你就不來我這裡了。我之中的你不知跑到哪裡去了？那天受到爆炸侵襲是在早上八點多，我大約兩、三小時之後才察覺到——咦？怎麼一回事？我現在想著老婆的臉和身體，可是那部分不像往常那樣——察覺到的時候我慌亂了，因為從未有過這種事。我拚命想著你全身所有蠱惑、妖豔的部分，甚至更加誇張地幻想，奇怪的是，我的下半身完全不充實。

幻想，不管怎樣都只是停留在腦中的虛幻夢世界，那種連骨髓都嘎吱傾軋、類似疼痛的肌肉緊繃不再出現了。感覺自己已經完全不是自己的自己了——不只是「我之中的你跑到哪裡去了？」跟你一起的我也消失了，感覺只剩下形骸。尤其是剛受到異常衝擊之後，感覺身體不知是哪個部位的生理狀態發生變化，過了幾天也沒有恢復成原來的樣子。隨著時日消逝，虛脫感越來越嚴重。我不分晝夜繼續想你。自己盡可能幻想設定你猥褻的姿態，擁抱你、撲倒你、上上下下、沉溺在各種幻想的場景；但幻想只是腦中虛無的迴轉，始終沒有真實感。前幾天接你來到這座島上，我在這種狀態跟你相遇。即使看到實體的你就在眼前，睡在同一房間，我的情況也絲毫沒有改善。看到不是幻想的你，握著實體的你，即使接觸到肌膚，我的那部分不僅沒有感覺，反而比刺激之前更加懦弱，呈現出更萎縮的傾向。

那一夜增吉的告白，這樣斷斷續續著。筆者在這裡僅提出他說的話中，能夠表現出他的性格的重點。

根據他說的內容，他自覺自己性無能，是從受到原爆衝擊當天上午開始的。那麼快就察覺到，是因為他受到衝擊之前，幾乎可以說二十四小時，頻繁表現出性興奮狀態。昭和二十八年八月，他虛歲三十一歲的夏天，正是血氣方剛的時期，或許那樣並非不自然，即使如此，我們知道增吉是那種需求相當強烈的男子。他對自己的無能感到不安，常常搔動情慾想試看看那方面的能力。既要擔心肉身的安全，徘徊於生死的界線，在廢墟的街道閒蕩之中，還要確認性慾的有無，這樣的事情本就反常，而他確認的方法竟是幻想村子的臉和身體。然而，無論怎麼拚命幻想，對於那部分不會充實而感到失望，說著「以前不是那個樣子」。這個情況讓人感覺奇妙的是，他努力藉著幻想，想讓那部分甦醒。直到九月三日村子實際出現為止，自己並未積極地想叫妻子過來。而在與阪神方面交通受阻的期間，總之，在通信和火車、汽船的往返逐漸恢復之後，他也沒有叫村子過來的念頭。他到了八月十五日才寫信給妻子。然而，那封信上他只告知了自己和叔父平安生活在能美島，對想辦法早一天來相會的事，卻隻字未提。增吉焦躁地利用幻想妻子的肢體，以確認性能力；然而，卻沒有讓真實的妻子來到身邊，受到鮮活肉體刺激後說不定能恢復能力的想法，不得不說極為異常。

我仔細反覆閱讀村子當時所保存的增吉寫下的信，內容似乎相當長；對於叔父和自己獲救，寄身清水先生的情形，僅作了事務性記述，沒有任何感激的話語。由於生病，字跡歪斜，文章雜亂無章，顯然是不得已的，遭遇到非比尋常的事件後，寫給平常那麼熱愛的妻子的信，總讓人覺得缺乏情趣。看來隱藏著種種想說的事，勉強寫些空泛事務。八月十五日丈夫寄的信，村子在一星期之後的二十二日收到。翌日或兩天後，村子就寄出回信，結果丈夫在八月裡的信件什麼也沒說。村子信裡連綿寫著：她想詳細知道丈夫的健康狀態、八月之後彼此分開的辛勞、想念丈夫的難過心情等等．

「儘管名鹽的父母擔心途中路況，但我無論如何都想去見你，請告訴我路線。」雖然如此，卻都沒有下文。因此，村子更為擔心，沒等到回信就出發了。她來到能美島一看，正如前述為丈夫的舉止變得疏遠，而感到奇怪。

對於丈夫態度改變的原因，村子並不懷疑是在分居中有了喜歡的女人。她想著直到目前為止，增吉對於村子之外的女人是瞧也不瞧一眼，沒有村子無法過日的忠實丈夫，村子不會有這樣的懷疑。平常沒有女人就無法度過夜晚的人，因為寂寞而接近其他女人，像這樣的事在其他男人身上或許有可能發生，唯獨增吉是不可能的。村子相信，丈夫是即使再怎麼飢渴、多麼有魅力的女性出現，對老婆以外的女人的誘惑都絕不會上當的男人。再則，在戰爭激烈情況下，不可能有這樣的機會。即使如此，從深刻了解增吉個性的村子看來，總讓人不放心的是，一到她面前，他就畏縮。以前的增吉不是這樣的。至少在進入床鋪之後，就更積極且熱情如火。那一晚，就是她突然拿掉丈夫的毛毯，不管他願不願意，硬把他身子轉過來朝著自己方向的那一晚。她讓丈夫的身體仰臥，以全身重量騎到丈夫身上的村子，途中像是被潑了冷水。丈夫慌忙大叫：

「停止！」

把她的舌頭往嘴外推出去，村子也感到同樣慌亂。丈夫瞬間想推開她；然而，在她從上方壓著丈夫的瞬間，就察覺到丈夫的下半身缺少了平常的緊張感，她心想「咦？」。

長長的告白告一段落時，增吉說出的話是：

「……村子，你不會捨棄我吧……」

「說什麼話呢？為什麼會有那麼奇怪的想法！」

「我不是已經不行了嗎？」

「不要開玩笑！這麼想是不好的。你的症狀有一半是神經性造成的，很快就會好的。我馬上治好給你看！」

村子說著，把丈夫不知何時又纏在腰部四周的毛毯取下來，硬是把他的嘴唇分開，將舌頭伸進去。接著，再一次比上次更誇張的姿勢騎上去。丈夫這次沒有撥開的意思。村子緊緊纏住脖子，直到快要不能呼吸的程度，臉與臉、胸與胸、腹部與腹部、腳與腳，毫無縫隙地緊緊貼住，丈夫就像那次在能美島時那樣、完全被動，為了避開她呼出的熱氣息把頭轉向旁。村子把從丈夫口中拉出來的舌頭來回舔著，鬆開脖頸的擁抱，在他沒反應的部位嘗試種種挑逗。即使如此，丈夫依然閉著眼睛像死人般仰臥著。村子最後著急地搖動了身體兩、三次。

增吉用拜託的口氣說：

「已經夠了吧！……」

接著咕溜地轉向另一邊。

這麼一來，村子硬是不死心。第二晚、第三晚，她把丈夫的胴體轉向各個方向，把沉重的身體拖到自己身上摩擦，丈夫依然像人偶任她隨意擺布。要是過於執拗擺弄：

「夠了吧……」

就會發出像哭泣的聲音：

「還是不行呀……」

說得宛如事不關己，或者發出嗤嗤，有如嘲笑的笑聲。

「我馬上治好給你看！」村子雖然說過這樣的話，但她也像丈夫一樣逐漸有了放棄的念頭。

她本來相信用自己的熱情，可以讓丈夫肉體深處睡著的血液再次沸騰；但是她感覺自己反而往丈夫體內潛藏、不可言喻的冰冷沉澱物之中下沉。大體來說，村子是這樣的，而增吉是比村子更熱情的男人，他們是相當匹配的夫婦。因此，被村子沸騰血液所擁抱的增吉的血也應該容易沸騰。然而，村子抱住睽違已久的增吉身體，卻覺得連自己體內的血液都快要全部凍結。村子感覺到，增吉睡覺的床鋪周圍，設有讓人產生虛脫感的陷阱，會把靠近的人拉入那個洞穴之底。

她想起丈夫跟從前不同，是在能美島再會開始的，隨著時日消逝，那種感覺越來越強烈。最初覺得他的舉止改變了，發現到許多從前沒有的特質。最讓人感到意外的是，動不動就說「不行了」然後馬上放棄——這種懦弱、畏縮的個性，是以前增吉決不會有的。而且讓人感到發毛的，是自我嘲笑的那種嗤笑。看到那種表情，會覺得增吉這個人連面容都改變了。

5

以上是村子對筆者細密問題的回答，盡可能地不誇張，以敘事文體書寫。筆者為了寫得像是小說，多少會加以修飾，對她話裡的深意加以解釋，但絕無歪曲意思的地方。即使如此，人類受到原爆那樣的災害，經歷了未曾有的恐怖，不僅是生理的改變，精神上也會帶來變化，某種程度是可以想像的。不過，從積極變為消極、從倔強轉為懦弱，連天生的性格都改變了，這可能嗎？或者增吉的情形，是天生的個性之中本來就存在的呢？這些疑問，即使在增吉死於那種情況的今日，對我來說還是難解的謎；詢問這方面專家的神經病理學者，或許可以得到解答。

話說昭和二十九年九月上旬，因為這些情況回到妻子故鄉的增吉，之後大約一年以上的時間都在名鹽鄉下悠閒度日。村子期待經過一年靜養之後可以逐漸恢復到從前的狀態，然而，跟她深切的期待相反，丈夫絲毫沒有恢復的跡象。就她看來，最感到懊惱、生氣的，就是丈夫自身絲毫沒有想恢復自己健康的熱忱或焦慮。村子勸他十天一次到神戶的醫院找醫生診察，有時也去找村子裡的內科醫生看診，但他連這個也畏縮不想去看。從旁催促「趕快去看吧」，除非她拉著他的手硬是把人拖過去，否則他就懶得動。問「我不可愛嗎？」回答「可愛是可愛呀！」再問「既然這樣為了我，要勤快看醫生呀！」回答「那麼焦急也沒用哪！」自暴自棄的表現，接著又出現那痴痴的笑。實際上，根據她從外部偷偷觀察的結果，丈夫的性格和體質並沒有很大的改善跡象。食慾依然沒有增進，因此細瘦的手腳沒有長肉。每次有機會讓他量體重，經常只有十四貫[29]。以

29 譯註：日本一八九一年到一九五一年使用的度量衡，一貫為三點七五公斤，十四貫是五十二點五公斤。

前沒有特別留意到他的體重，但是以五尺四寸五分[30]的身高比例來看，體重肯定要有十六貫多。口內炎的情況還是一樣，有時吐出惡臭氣息，有時牙齦出血。臉頰內側潮濕，有黏稠唾液是因為口腔內膜潰爛，不僅是口腔，也影響到肺和胃的黏膜。胃部被侵襲就會下痢。天氣稍有變化馬上就會影響到身體，氣候稍冷就咳嗽。再從咳嗽轉變為扁桃腺炎、支氣管炎、肺炎（之後有一年的冬天罹患過一次）。

突然站起來一定會頭暈，平常有時也頭暈，閉上眼睛睡覺時也覺得眼睛在旋轉。胸部感到不舒服的時候，有時是反胃，也有突然呼吸困難的情況。即使是做個輕微的動作也汗如雨下。腳依然浮腫。毛髮脫落雖然不像前陣子那麼厲害，但一個晚上也會掉三十根左右。（增吉常無所事事，所以有撿拾掉毛觀察的習慣，他說多的時候一次會撿到三百根。）夫婦談話興頭正盛時，村子會看到丈夫突然全身精力耗盡，像是活的空殼一樣。那時，臉上有陰影，身體有著像透明人一樣變薄的感覺。被爆之後，他的皮膚四處出現紫色斑點，後來逐漸變色，留下像白色的疥癬，顏色慢慢變淡；依據光線的強弱，有時很明顯，有時不那麼顯眼。醫生勸告他不可停止維他命K的注射。

30 譯註：大約一百六十五公分。

口中太臭的時候，含著K錠劑。能美島的食物豐富，生產許多稻米和番薯，因此時常有白米飯吃也不稀奇，附近的海域可以捕獲許多章魚。來到名鹽之後，過得是鄉下貧農生活，又是在戰爭剛結束的時候，食物並不豐盛。因此，增吉食慾更是不振。在這情況下只能拿到牛奶，以此維持營養。蔬菜方面有菠菜和鴨兒芹；可是當事人並不積極想吃，要靠村子勉強他吃。醫生也說「要盡量攝取新鮮的綠色東西。綠色東西光是眼睛看也像是藥，對身體有幫助。」

可是妻子越是焦急，他本人越是一副不受疾病所苦的樣子。前述的種種肉體病痛，對本人而言應該相當不舒服。他卻不像旁邊的人感覺那麼難過。即使因為口內炎等症狀，別人覺得臭得受不了，本人卻並不覺得自己口臭。有時會流口水，但習慣了也就覺得沒什麼。偶而有其他症狀，也認為是理所當然的。他不是不知道自己生病，卻把自己當成是在一般狀態。總覺得增吉是這麼認為的。增吉說過：「不會有很痛，或者很難過的時候。」還說：「要是有痛得不得了的地方就好了！」後來聯想起來才知道，這些若無其事透漏的話語裡面隱藏著重大意義。當時本人並不是以「歡迎痛苦」的諷刺心情說的。因為肺炎發高燒，心臟受到壓迫時，偶而會說痛苦；但大致上是說倦怠、懶洋洋、手腳沉重之類，稍微有些異樣的違和感。所以，不是痛苦而是被身體無法舒展，無所事事的倦怠感到困擾。

村子除了忙於照顧丈夫的身體之外，還要幫忙在父母的田裡工作。她從小就到神戶街上幫忙廚房的烹煮工作，所以對田裡的活並不熟悉。不過，她原本就是農家女兒，筋骨強硬，對於相當粗重的活也不是沒辦法做。二人突然來到名鹽的時候，增吉似乎不太喜歡村子從事田野工作，這是因為她的皮膚白皙，所以不希望她被晒黑。可是，也不能一直不幫忙，後來沒辦法也就允許了。那時候從外地回來的人還不多，每戶農家都在為人手不足而苦惱。村子娘家出征的年輕人似乎也還沒回來，所以一天三餐也不能白吃。更何況為了增吉的健康，必須讓他攝取營養食物，更是讓她費心。

本來，她認真服勞役就不只是為了體諒父母。另一個原因和體內充溢的旺盛活力無處發洩有關——後來她對筆者說——昭和二十年七月初旬的某日，丈夫離開前往廣島的那天早晨，在床上和丈夫做完那檔子事之後，經過一年一個月多的時間，兩人被迫過禁慾的生活，因此不難體會當時她激烈的渴望。雖說她原本的體質就不像丈夫對那方面要求特別強烈，然而，長久在丈夫的「薰陶」下，不知不覺地也養成了沒做那件事就難過的習慣。再則，丈夫已經三十二歲，而她二十三歲正值年輕時候。因此，她已經意識到，自己內部的火焰燒得熾熱，有時在體內四處衝撞難於抑制。她每天除了照顧丈夫，從早上很早一直到天黑為止，都在田裡勞動，身體疲憊不堪。回家後用過晚飯，因為疲勞至極，除了睡覺也沒有閒暇想其他事情。

那陣子村子偶而在白天回家，看到丈夫幾乎都在躺著抽菸。那也是去年秋天，她在能美島找到他時的姿勢——仰臥、茫然注視天花板——這也是從那之後，增吉在老婆面前的姿勢。有時她想，去呼吸外邊的新鮮空氣比較好，

「到那邊走走好吧！」

這麼勸他。

「嗯！」

他含糊回答，卻很少起身。

「想什麼呢？」

這麼問。

「什麼也沒想。」

這樣回答，或者：

「沒有什麼可想的。」

只是這樣子。

「天花板上有寫著什麼嗎？」

她這麼問，但增吉沒有回答，只發出慣有的嗤笑。

神戶一中畢業的增吉，雖然談不上是知識分子，但當上了西餐店老闆，認得字也會閱讀週刊雜誌的連載；然而，鄉下家裡沒有這樣的讀物。因此，村子有時會到神戶街上順便帶回舊雜誌；可是自那之後，丈夫對那些東西全沒了興趣。只有香菸是從以前就喜歡的，比從前更想抽。由於沒有食慾，除了抽菸消除無聊也別無他法。然而，在香菸也不容易到手的時代，村子想勸他省著點抽：

「我也不是因為好抽才抽的呀！」

增吉露出難受痛苦的表情說。由於口中和胃部潰爛吐出臭氣，因此連菸的味道也覺得不好。吸了進去之後，喉嚨常發出咳咳聲，像是要嘔吐似的。

丈夫是怎麼想的呢？不知道。村子眼下擔心的是今後生活該怎麼辦？她清楚知道也不能這樣一直賴在名鹽的家。再則，她能幫忙農事，總是還有些用處。可是，十月她哥哥就要從南中國回來。村子心想在別人說出難聽的話之前，不如自己早點離開的好。但是，這麼做的先決條件是要有錢呀！當時他們夫婦幾乎沒有存款。增吉的父親逝世時，遺產方面繼承了龍亭的土地和房子。此外，沒有任何動產和現金，反而還有父親的債務。接著不久後發生戰爭，直到宣告結束的現在，突然處於身無分文的情況，無論如何無法維生。戰時由於被徵召的關係，還沒有感到什麼不安。然而，現在必須自己思考生活的問題，從明天開始就進退維谷。以這一年來說，二人只有在吃的方面不必擔心，其他各種雜費，從丈夫的醫藥費開始都得仰賴自己籌措，非常辛苦。三宮的家還沒被燒掉時，逐漸往鄉下挪移的家具財物還遺留了少許，正一點一滴被送到城裡的黑市換取金錢和日用品。

村子當然想到，如果不這麼做沒有其他人能夠施予援手。她鼓勵消極的丈夫，在帶他到神戶縣立醫院的往返途中，常在三宮路橋下和商店街一帶與各種不可思議的人進行交易。那時候，從元町邊到三宮站各種商店都已經開張了。只是，那時的黑市沒有一家店鋪是像樣的。簡單的在地上鋪一張草蓆，上面擺著各種東西。也有不知用從哪裡撿來的磚作成竈，噗噗煮著不明物品的第三國人[31]擺販來擺攤，上層則是用鐵皮圍的臨時木板屋。聽人家說，某個中國人的老太婆擔著麵粉和水製成，用油炸過的東西，在這一帶的路邊開始販賣，就是這個黑市的開始。一開始主要是吃的東西，而且

31 譯註：稱呼來自外地的日本居民，包括朝鮮和台灣人，貶義詞。

是當場烹煮趁熱吃的食物占了大部分。麵疙瘩、雜炊、炸饅頭、甜甜圈、紅豆湯、地瓜球等，光聽名字覺得應該很不錯，哪知往鍋中一看盡是些來歷不明的東西。村子已經好久沒有飽餐一頓了，儘管知道大部分是騙人的，也想嘗試一次看看。聽說是鯨魚內臟的料理，一盤十圓賣得很好，其實是拿當作田地肥料用的各種魚內臟，煮熟之後再用芥子和鹽調味的東西。在鐵桶裡起火，把油倒入中華鍋，當成炒飯來賣的東西，其實是把蘿蔔切成小塊，放入少許米一起攪和，用冷凍章魚來欺騙味道，用紅蝦著色的東西。

除了食物，還有舊衣服、香菸、肥皂、塑膠襪子、塑膠長筒靴、汽車輪胎、乾電池、蠟燭、留聲機的唱片等許多雜七雜八的物品。盜賣的美軍用品當然也很多，聽說街上還有更多流浪漢到處搜刮來的贓物。早上晾在竹竿上的東西不見了，兩個小時以後就出現在黑市。也有剛從洗衣場拿來，還濕漉漉的襯衫。村子有時會買塑膠襪子或塑膠長筒靴、毛線回來，給鄉下親友當禮物，而且無論什麼時候都不會忘記給丈夫買香菸。在鄉下只有分配的配給品，根本不夠。因此，會在大馬路上購買單根出售的「手卷」。那是蒐集掉落在地上的菸頭，將它弄鬆散，再做成手製紙菸販賣的商品，一根一圓。當時社會上有所謂撿菸頭的名人，他們拿著竹子尖端釘了釘子的棍子巡行街頭，找到菸頭後，用釘子一刺，放進背後的籠子。他的技術非常高超，動作很快，因此就成了名人。村子從那時候開始思考，自己也必須尋找某種生存之道，一種不需要本錢，誰都做得了的買賣，然而那會是什麼呢？

6

當時夫婦來到三宮的黑市，有時會順便經過從前龍亭所在地方。繼承自父親，直到終戰將要結束時都生活在此的土地，即使現在也可以說是自己土地的地點。因此，就算沒有特別的事情，腳步仍會不由自主朝那個方向而去，兩個人會在認為是店遺址的附近徘徊，或在不知道現在住著誰的家門前停下腳步嘆息！有段時間完全化為灰燼的那一帶附近，不知何時起被第三國人非法占據，奇怪的、臨時建築的店鋪林立，現在的情況則是變成從哪裡到哪裡是自家遺址都無法確定了。經過時覺得是這裡的臨時店鋪，往裡面一瞧卻是連地板也沒鋪的裸露土間，擺著簡陋的陳列台，吊著各種品牌的襯裙、內衣、襪子等，排列著布滿灰塵的洋服用雜貨。另一個架子上則堆放著各種襯衫布料，像是中國人的男子正在剪裁布料。有一次村子進去買貝殼扣子，順帶若無其事地問起，是從什麼時候開始在這裡做買賣？這個地方是誰允許使用的？「這間房子是自己蓋的，大約從半年前住在這裡做生意，土地的所有權不清楚，跟托爾路[32]的某某人說明而能夠使用，詳細情形請你詢問那個人。」之後他說了叫什麼的中國人名字。村子心想這個從未聽過的中國人不可能擁有這塊土地的權利，於是又問了那個人在托爾路的地址，前去看了一下。那裡也是間布料行，店面比前面的店鋪稍微像樣，有著像是洋服店的擺設。村子等了好久才出來的男子，故意用很差勁的日語，不知說些什麼。總之，似乎是說：戰敗國的日本人，對於土地沒有說三道四的權利，戰後我們占領了那土地，跟戰前無關。

「交涉也沒用，死了心才是聰明的呀！」

增吉只會嗤笑，無所事事跟在老婆後面，也不想一起進入裡面看看。

「算了吧！算了吧！」

站在外頭猶豫不決。

「再怎麼說都是我們輸呢！」

32 譯註：原文トアロード（Tor Road），神戸市中央區約一公里的斜坡路。

說得像是別人家的事，放棄得非常乾脆。村子不死心，來到三宮的警察局哭訴：「既然這樣的話，名義上的賠償金或安慰金什麼都可以，不能想辦法幫忙讓土地毫無理由被占去的人，最起碼能取得足夠活下去、最低限度的資本嗎？」警察說著跟增吉一樣的話。村子說，雖然我們的權利狀在去年六月被燒夷彈燒了，不過公所還有底冊，地政處也有可以證明的資料，幫我們查一下就能夠清楚知道，戰敗的是國家，不是我們的關係，中國人不跟我們談，國家總該為我們做點事。村子恨恨不平的據理力爭，警察最後也無法應付，「你說的有道理，可是……」

戰爭剛結束後，從丈夫行蹤不明時，村子就留意起神戶，她記得加納町的電車街到處躺著屍體的光景。跟那時候相比，現在的廢墟已經獲得相當程度的整理，竹中工務店早就在元町通蓋起硬鋁製的商店街。然而，天一黑就不太安全，女性不敢單獨行走。對此警察也完全無能為力，街上是由治外法權的外國人所控制，省縣三宮車站現在寄存小型行李那一帶，當時那裡有流浪漢、戰場退役者、復員者[33]等，和第三國人的角頭勾結製造犯罪巢穴，而變成了犯罪者的藏身處。車站前，現在還存在的三角草

33 譯註：第二次世界大戰期間，前往外地、外國征戰，戰後回到日本的軍人。

坪附近，中國人和朝鮮人在橘子箱上擺著兩、三柄手槍預防警察侵入，並販賣著非法的黑市貨品。即使在正午時分也會有砰砰的槍聲響起。白天的街上經常上演追捕扒手、小偷，偷竊逃逸、追趕過路行人的戲碼。手裡抓著電車的吊環，在周遭有人目擊的情況下，扒手光明正大地伸入乘客懷裡想偷錢包。受到驚嚇的乘客於是按住他的手，扒手也只是把手放開，絲毫不覺得羞恥，蠻不在乎笑著，而差點被偷的乘客也沒有對其加以指責，常常上演那樣的光景。

「土地要不回，租金也不付，我們不能再不出手了。不能老是這樣子。」

昭和二十一年，接近年底的十一月下旬，或者進入十二月後。二人從醫院回來的路上，從中山手在北長狹通下車，由於肚子餓了，於是在陸橋下的露天攤位，買了阿婆的玉米煎餅，村子邊吃邊說：

「吶！我們也開始做看看吧！」

「開始？做什麼呢？」

「什麼都好呀！只要我們做得來的。」

「你要做嗎？我現在可沒精神。」

增吉這麼說著，就在路旁蹲下，從十根一束十五圓的再製菸中抽出一根咬著。

「幫忙看店總可以吧？」

「那樣的事不做也可以呀！再觀察看看如何？或許我很快的也會想工作。」

「你不用急沒關係，我會找一個人幹得了的事。」

「那很難吧！女人一個人做得了什麼呢？

「說什麼？只要有心什麼都做得了。這個老太婆不就在這條街上幹起來了嗎？」

看著丈夫不可靠的態度，村子最終覺悟，除了自己一個人打開生活的道路，再沒有其他的方法。而眼前，馬上可以開始的生意，除了賣吃的，也沒有別的。即便是這樣，她連買一小戶的財力也沒有，臨時木板屋的攤位也不是簡單就能製作。還是像煎餅攤的老太婆一開始那樣露天做生意，慢慢累積資本，此外沒有其他法子。

村子想到的是，買進她父母在鄉下生產的大納言紅豆，在這一帶的高架橋下煮年糕紅豆湯[34]來賣。當時這一帶有好幾家賣年糕紅豆湯的店，但很少人真正使用了紅豆。陸陸續續開始真的有紅豆，是在二十三年左右從德島扁擔客挑來販賣之後的事。之前被稱為年糕紅豆湯的東西，大概都是使用芋頭或乾燥芋頭，也有用麵粉作成丸子代替

34 譯註：這裡的年糕紅豆湯在日文中是「善哉（ぜんざい）」。

芋頭。偶而有使用紅豆的店，也只是湯汁裡漂浮著十顆左右的紅豆。

類似這樣的芋頭年糕湯一碗賣兩、三圓，碼頭的工人和撿破爛的人每天早上灌兩碗進肚子之後再去工作。村子說，她知道這個情形，打算私下分一些父母親躲過管制所儲藏下來的紅豆，這樣一碗要賣得比普通紅豆湯高，打算賣五、六圓。

村子在那天，也就是夫婦買玉米煎餅的同一天，詢問了賣煎餅的老太婆，請教她開業必須的手續。「我想在這座路橋下的附近，不會影響到別人的適當場所做買賣，該怎麼辦才好呢？」對於這問題，老太婆回答：「現在的警察也沒有權力，不必取得他們的許可；但是，這一帶是中國人老闆的地盤，所以要跟老闆搭上關係。不過，這邊跟警察不一樣，手續簡單。從每天的販賣所得拿出部分金額，以少許『清潔費』的名義，交給老闆就可以了。」老太婆又說，「去那裡問看看！」告訴她在兩、三百公尺前的元町站海邊，在那裡經營中華料理店的老闆家。村子去了那裡說明來意之後。老闆說，剛好有個適當的地點，於是指著煎餅攤西邊一、兩百公尺的高架鐵路南側，夾在舊鞋店和手電筒店之間的一小塊空地，依照老闆的說法，這裡以前是賣關東煮的店，那個人轉業搬到別處去了。對方在這裡短時間內就存了錢，是塊吉祥地，其他還有許多人希望使用，不過，現在讓你用也沒關係。村子聽了這話之後，馬上決定租下那裡。

擺攤的地方決定了，接下來是居住的問題。到目前為止，要前往神戶縣立醫院都是從名鹽搭巴士或搭乘阪神電車，從那裡到達終點站元町，又從榮町二丁目搭市電車到楠町六丁目；要是得每天到三宮，不睡在附近不行。然而當時，那邊的黑市經營者，大部分都是在自己攤子上過夜。一方面是因為市內不易取得適當住所，另一方面則是因為店舖沒人的話，做買賣的工具就會被偷。在高架鐵路正下方開店的人，有高架鐵路可以防雨，相當方便。不是在那裡的人，也有臨時屋，大家在臨時屋裡面睡覺。像村子那樣沒有攤子的露天經營者之中，也有睡折凳上的人。從六甲或灘一帶通車前來，不採取這些方式的人，則會拜託鄰近的同業保管工具。本來，即使晚上沒有人睡在那裡，也不必擔心工具會被偷走。那時候，大約有半數的店是整夜無休。寒冷的夜晚，流浪漢為了取暖而聚集到有火的地方來，有錢的話就吃吃喝喝，因此即使不是一整夜，許多店直到一、兩點還亮著燈，所以在夜晚時分周圍監視的眼睛意外的能夠發揮作用。如果村子是自己一個人，就決心在陸橋下餐風飲露，可是考慮到丈夫的健康，還是要在某處租個房子，從那裡來回較為安全。當下能夠想到的，是前年往來廣島時在當地過夜，位於尼崎的增吉熟人家。「我們不會住很久」，硬是拜託之後的兩、三個月間，直到找到更方便的住所為止，這樣借了二樓的四帖半房間。從昭和二十二年的正月起加入黑市一族，他們在二十一年十二月二十幾日離開名鹽的鄉下。

夫婦離開鄉下時，一個人在腰間綁著五、六升紅豆，分成好多次將其搬到尼崎（村子沒有拜託，是增吉自己看不下去，才會每三次幫忙一次）。將其他的材料，加入小豆粥的年糕、糯米粉、甜精、糖精之類的東西在黑市很容易拿到。當時神戶的中突堤是關西輪船的起點，是從四國方面來的黑市物資集散地。最早的船班是從德島出發，在清晨三點或三點半左右抵達；第二班船從小松島出發，是五點半左右；第三班船從土佐出發，在六點或七點左右抵達，乘客幾乎都是攤販。土佐生產甘蔗，因此許多人會放棄配給的砂糖，而那些砂糖多半會被帶到神戶來，一時之間從一斤三百七、八十圓漲到四百圓。比較近的是從明石和淡路擔來各式各樣的東西，這些小販和使用暴力搜刮物資的流氓、取締的警察之間發生糾紛，船隻抵達處附近的騷擾不斷。聽說小販擔來一次，扣掉旅費之後，一天的獲利也相當不錯。他們搭乘早上的船班來，直到中午擔子早早的就空了，於是便回家去。

說起燃料，村子才在那邊撿拾磚塊建竈，馬上就有人來兜售：「老闆娘，要不要買柴呀？」那時候，已經有人從元町過來賣木炭，三宮的分界處到處都是木柴。從三田和有馬方面，帶來長一尺左右的一綑柴束大約二十圓。不過比起那些，購買這一帶流浪漢從廢墟搜刮，或者硬拆下來的木板塊和木屑還比較快。至於給客人用的小盤子之類的，在龍亭時代留下的東西裡就有合用的。以前在戰爭末期，龍亭也曾製作過品質不佳的章魚料理給客人吃，並使用便宜的碗盤。趁著戰火燒毀之前，把最後的行李分散到鄉下時，村子心想這樣的東西，或許將來可用在應付不時之需而堆放起來，現在果然派上用場。煮年糕紅豆湯，則是使用軍需工場淘汰的大型鍋。

開始做買賣的是在初七之後的正月八日。由於早上時間充裕，夫婦在上午十點過後就到尼崎，逛市場買貨以及作其他準備，十二點開店。晚上附近許多店都營業到很晚，而他們則是十點就打烊，再回到尼崎。村子心想最初的兩、三天需要丈夫幫忙，之後就自己一人獨撐。增吉究竟是怎麼打算的呢？無論什麼時候他都不讓村子單獨出門。雖然如此，他也不積極幫忙，而是心不甘情不願，義務似地跟著來，帶著疲累，勉強地跟在後面。

7

「你累的話在家躺著不就得了嗎？」

村子早上要出門時，看到丈夫像是被打趴似地躺著，還不想起床。

「吶！就這樣吧！我把這個放在這裡哦。」

把牛奶和麵包拿到枕頭邊來，一個人準備好下樓，她打開外邊格子門的瞬間，樓梯上響起沉重腳步聲，丈夫緩緩地走下來。接著拖著草履的刷刷聲，默默跟在村子後面。

「你來了！」村子說。

「嗯！」回答，點頭。

「麵包吃了沒？」村子問。

「我到那裡再吃。」回答。

增吉很長一段時間只是躺在床上注視著天花板，聽到村子終於要出門，才不得已爬出被窩，似乎是臉沒洗、早餐也沒吃就追過來。

到了店面之後，在老婆趕緊起火，整理紅豆之間，增吉坐在橘子箱上，不是呆呆的抽著菸，就是口中發出骨碌骨碌響聲，接著往地面吐口水——村子說，到現在也忘不了。丈夫口中積滿唾液，故意發出骨碌骨碌的聲音，好像很享受口中的蠕動。她曾模仿那個樣子給筆者看。嘴裡積滿唾液，從嘴角流出，長長的一直流到地面，就像有趣的遊戲一樣每天重複好多次——儘管這樣，在店裡忙碌的時候，不管他是否樂意也不能不幫忙。因為自來水離得遠，只能用水桶清洗給客人用的盤子、小碟子，有時要到七、八百公尺外的自來水處取水，這項工作不知何時開始落在他身上。由於違反統一管理的規定，有時警察會進行取締，於是往往有同夥會私下通知。他有時也被派去擔任把風的工作。

「對不起！請你到那邊去把風，拜託了呀！」

同夥這麼說。

「要我做那樣的事，不行啦！別指望我呀！」

增吉一邊說著，一邊出去了。

雖說警察的威信掃地，但對於主食的盜賣、藏匿，搜索的眼光還是相當銳利，因此，高架鐵路下一帶不時有人被舉發。持有三升或五升程度的黑市物資，處有期六年，緩刑三年，罰金三千圓；大多數則是緩起訴，貨物被沒收，被要求寫悔過書或處以三千圓以下的罰金就了事。增吉夫婦有兩、三次面臨危險，幸好沒被抓走，只是被警告「以後要注意！」好不容易獲得寬恕。而買賣方面幾乎是靠著女人的一雙手，才能勉強度日。正月開始，從二月底以後在「年糕紅豆湯」之外還兼賣「牡丹餅」、「安倍川」。店面也從露天進化到在上面加了簡易的遮陽棚，還添購了桌子和椅子。夏天停賣年糕紅豆湯，改賣冰水。草莓冰一杯五圓，宇治時雨七圓、冰年糕紅豆湯七圓。所謂「宇治時雨」是在綠茶末滴上蜂蜜然後加到冰上。冰水的生意好，增吉的工作隨之比以前更加忙碌。收入多的日子，村子狠下心來買進駐軍偷賣的香菸給丈夫。有Lucky Strike、Philip Morris、Chesterfield等。丈夫的健康狀態依然沒有改善，不過他似乎把不健康的狀態視為平常，因此也沒有什麼特別問題，雖然覺得疲累，但多少會幫點忙。

到了初秋，又恢復為賣年糕紅豆湯的攤子，九月、十月，繼續賣到十一月上旬。到了十一月下旬，發生了三件事，夫婦生活也因此起了變化。

夫婦離開尼崎承租的房間，搬到三宮市場的臨時木板屋。

停止年糕紅豆湯的生意，計畫開設簡單的西餐店。

野本鶴二這號人物出現。

這三件事互有關聯，很難說是哪一件先開始。可以說一件事發生後，其它兩件也就跟著發生了。最初租借尼崎房間的條件是「短短兩、三個月」；事實上，夫婦已經租借半年以上了。因此，在九月左右面臨被迫搬離的情況。二人左思右想，最後考慮住在做買賣的地方，或是搭建臨時小屋，店面住家兩用，此外別無他法。黑市做生意的大家都這樣，那是沒有房子供人睡覺的時代。當時，距離他們年糕紅豆湯店不遠的地方，剛好有臨時木板屋要賣。正面寬二間半、深二間半的正四方形，坪數六坪二合五勺，要賣三萬五千圓。其實，就是在空地的四方用木板圍起來，為了避免雨水落下，所以在上面加蓋，既無入口的土間也沒有鋪設地板，廁所只是在地面上挖個洞，大概三帖大的閣樓，連爬上去的樓梯也沒有。

夫婦想買的原因，不只是想要有個起居場所，還想擴張營業，年糕紅豆湯之外希望能改做更賺錢的生意。有了將近一年的經驗，夫婦大致上對於終戰後的生計有了信心，接著便希望想辦法慢慢脫離，直到目前為止都過著路邊流浪漢一樣毫無選擇、不見天日的生活。雖說是夫婦，其實是由村子提出來的。增吉的口頭禪是「我怎樣都無所謂」，村子則頻頻主張如果一直甘於這樣淒慘的日子，會喪失翻身的機會，幸好有價錢合適的臨時小屋，必須藉著這個機會使勁站起來。她所說的「合適」，並不是說馬上可以調度到三萬五千圓，關於這點，她並非全然沒有想法。如此說來是在前往鄉下疏散時，處理掉了大部分家具財務，但想到萬一有不時之需，最後她把一件東西藏在文件匣底下。戰爭初期，需要奉獻所有寶石和貴金屬的公告傳來時，她把文件匣裡的寶石戒指、贗品的翡翠腰帶扣子，以及半克拉的優質鑽石放進去；但她只奉獻出前兩件，把最後的一件藏起來。沒有鑑別力的增吉，錢包裡有錢的時候，就會買各式各樣的東西給村子，寶石和翡翠都是二人沒結婚前、帶有各種回憶的紀念品，但都是價格便宜的東西，那時心想或許以後還會送貴一點的。而鑽石則是二人訂婚時，增吉母親的贈送，既是母親的遺物，也是結婚紀念品，聽說以當時行情來估算價格接近五百圓，所以只有這個不賣。經過這次的商量之後，村子取得丈夫的諒解，拿著東西到元町的貴金屬店估價，她知道大概是從前的百倍價值。她心中的打算，是以三萬五千圓的鑽石錢，要廠商打折扣，無論如何都要把必要的部分——即使不動土間，也要把三合板的一部分挖出可供進出的洞，蓋廁所、製作爬上閣樓的樓梯——建造起來，她心想把鑽石脫手之後大概夠用。

轉換買賣是早就有的念頭，如果現在增吉的身體比較好了，再也沒有比有經驗的西餐店來得更好，如果只是咖哩飯和炸豬排，村子想學也不是辦不到的。村子會這麼說，也跟增吉平常畏縮不前的個性有關，他懷念地說著，「不是你說的那麼簡單就做得了。」他的意思是「不是像你說的那麼簡單」。他認為村子不懂真正的西洋料理，只看過從滿州事變到大東亞戰爭期間，食物材料逐漸匱乏的騙人料理，以為那樣的料理就行得通，但今後可是行不通的，因為會慢慢恢復到原來使用正統料理的時代。

說到這個，在戰爭剛開始的一、兩年，原料的肉類大部分是偷殺的肉，豬、馬、兔肉之類比牛肉更多，經常使用冷凍鯨。咖哩飯更不用說，燉菜和漢堡的材料大概都是這些。用白醬煮的阿拉斯加鱈也大受歡迎。蔬菜方面，因為高麗菜不受管制，只有這個可以自由使用。在盛著細切高麗菜絲的盤子邊緣，加上一些來路不明的肉料理。而食用油，除了大豆油外，還有牛油和豬油，但大部分都混合了機械油，一煮就冒青泡。湯通常是和漢堡一起，大部分是鰹魚湯，加入一點魚漂在湯汁上或者和蔬菜細塊混在一起。說到甜點，只有以寒天代替明膠，用紅粉著色、以糖精提味充當果凍的東西。有一段時間，即使是一流飯店的餐廳也是這個樣子。不過，戰後第三年，也就是從今年的春天開始，由於美國駐軍的物資流出到民間，不久亂七八糟的料理就會銷聲匿跡。以鰹魚湯代替的商店變少了。即使不用真正的肉湯，也會用清湯加角糖。這情形已經離事變前的狀態不遠，從前增吉在國泰飯店當學徒時的西餐，現在也吃得到了。增吉說，如果家庭料理的話，咖哩飯和高麗菜捲還能說得通，但是一旦掛出西餐店的招牌，村子準備的東西就不合適，畢竟有人知道龍亭的名字，要是開業了，自己就負責前場。話雖這麼說，但老是下不了決心，正猶豫著的時候，沒料到野本鶴二出現了。

那時鶴二與增吉並不是第一次見面。鶴二是神奈川縣高座郡出身，以前曾在橫濱的新圓山飯店工作過。盧溝橋事變前後、昭和十二年左右到神戶來，在國泰飯店擔任廚師。到神戶來的原因，是同事的邀約加上為了學習出去旅行也不錯，還有薪水比較高，所以就動心了，沒有其他理由。昭和十六年戰爭爆發後不久，鶴二被徵召派遣到北滿洲方面，因此，在國泰飯店工作的時間只有兩、三年。增吉則是到昭和十三年為止都在國泰飯店工作，那一年父親逝世，於是他辭掉工作回去經營龍亭，所以二人待在同一個職場僅有一年左右。增吉說，因為某種特殊理由對於鶴二的臉印象特別清晰。但是，到目前為止幾乎沒有二人一起做什麼的記憶，也沒有像是交流的往來。因此，相隔八、九年的這次再會，其實感覺就像初次見面。

二人久違的邂逅是在二十二年十月中，某天增吉坐在老婆工作旁的橘子箱。

「嗨！」

有點客氣地來到旁邊，出聲的是鶴二。增吉也只是回應了：

「嗨！」

他抬頭一看，馬上察覺是過去的同事之一，雖說如此，也不是特別懷念，只冷淡地點個頭。鶴二也同樣出聲招呼之後，沒有下文扭捏地站著。

「你現在在哪裡？」

沒有話題，兩人短暫無言，增吉由下往上抬頭看著對方的臉問到。

「大約半個月前來這裡——」

鶴二回答。連「坐吧！」什麼都沒說，鶴二就一直站著。
「嗯，哪裡？」
「就在那裡——偶然經過這裡，看來很像是你，所以……」
「好眼力呀！」
「嗯，好像瘦了些哪！」
「或許吧！你也瘦了。」
「瘦了呀！沒有人不瘦的。」
「你，去了哪裡？」
「從北滿州被帶到西伯利亞，不久前回來。」
「現在在做什麼？」
「還沒有工作。」
這樣子逐漸展開話題。雖說是同事，鶴二還年輕個四、五歲，增吉在副廚師普查底下還可以拿菜刀，而鶴二還在剝芋頭皮、切扁豆蔓當學徒的時代。加上是從關東來的新人，所以對增吉說話比較客氣，這點即使到現在也一樣。

8

前面已經說過鶴二的故鄉是神奈川縣高座郡，後來詢問他時，依照本人的供述，老家是在藤澤的農家，他生為二男，天生懶惰，討厭當農夫，中學時便離家出走到橫濱，不久被流氓吸收混過一段日子。住在國泰飯店是在昭和十年，當時是十七歲。然而住在老闆家工作並不是從那時候開始，在那之前的兩、三個月，甚至是半年前曾受雇於本牧方面的「Chabuya」[35]。被訊問時，他最初還想隱瞞這件事，直到被追問才承認。問他受雇於何種工作？他的回答是：「因某種緣分被那家名叫百合的娼妓看中了，問要不要來這邊工作？於是我就去了。工作內容不固定。由於男性雇員只有我一人，因此什麼都要做。例如調酒師老闆娘的助手、女性房間事後的整理和清潔，燒熱水、洗滌、洗盤子，什麼都要做。」根據那段時期認識他的某人之言，當事人隱瞞不想講的事實是，有一段時期被喜好男色的外國船員當作慰安對象。鶴二討厭當那個船員的跟班，於是逃出那個家，想找個正當職業，所以當了料理的實習生。

35 譯註：ちゃぶや，一八六〇至一九三〇年間，以外國人或外國船員為對象的住宿「曖昧宿」之俗稱。

戰爭結束後，他先回到藤澤的老家，很快又到橫濱去找工作，因為沒找到喜歡的工作於是到神戶來，雖說這樣也不是因為在神戶有特別的目標，是隨興而來的。不過比起橫濱，或許神戶有牽引他的某種東西不是嗎？這樣推測也不是沒道理的。他在橫濱工作是昭和十、十一、十二，大約三年左右的時間，待在神戶是從十二年到十六年，大約五年的時間，在神戶時間稍長；之後有七、八年甚至十年的空白期，橫濱和神戶在那段期間被燒毀化為原野，也就是說變成跟他毫無關係的地方，無論哪邊應該都沒有吸引他的力量。當時鄉下的雙親還健在，因此，應該定居在離家近的橫濱，然而他在橫濱只待了五、六天，踏上日本的土地不久之後就往神戶跑，這件事值得注意。

筆者在前一回寫道：增吉「因某種理由」，八、九年前約有一年時間在同一職場工作，對於「鶴二的臉印象深刻」。筆者沒見過生前的增吉，也不是直接從他那裡聽到，而是有一次從村子那邊聽到這件事，不過，村子也沒說確實是從丈夫口中聽到的。依照村子的說法，從一般意義來看，增吉和鶴二說不上有著相似的臉，但不得不說在臉上的某處給人相同的感覺。舉例來說，堂兄弟的臉，在他人看來似乎並不相像，但是當事人一看，就會感覺對方的某個地方和自己相似，或是有著家族共通的鼻子長度，額頭的髮際特別長之類，大概是這樣的相似點。那麼，增吉和鶴二究竟是哪裡相似呢？

這一點連村子也很難指出來。不過，鼻子兩側凹下的地方有著深深的陰影——那地方有陰影的臉孔很少，所以，一看到總覺得二人是同一家族的。筆者很清楚鶴二的臉，拿他和村子保存的幾張增吉肖像互相對照，並不覺得照片上二人有什麼特別相似的地方。我問了村子，那麼增吉自己覺得如何呢？他有發現自己跟鶴二的臉上有什麼相似的點嗎？她也不清楚。只是增吉似乎覺得自己的模樣投射在鶴二身上，由於自己也很難說明，所以也沒聽他清楚說過，不過村子說，從他的話語裡聽得出來有這個意思。還說，那是增吉十年前第一次見到鶴二之後的印象。

村子見到鶴二，則是在二十二年的十月，鶴二偶而經過三宮時兩人第一次見面；其實在那之前，鶴二曾見過村子兩次。這件事，鶴二後來跟村子告白。究竟是在哪年哪月？沒有記得那麼清楚。有一次，大概是昭和十四、五年吧！某天在大丸百貨公司的女鞋專櫃，看到丈夫帶她去買了白色拖鞋。如果不是和丈夫同行，他也不可能知道那就是村子，因為旁邊有在國泰飯店時就認識的增吉的關係。夫婦相當快樂，因為是新婚一眼就看出來了，所以應該是在十四年的夏天。村子試穿了各種款式的拖鞋，增吉在旁邊不知道說些什麼。鶴二那天不用當班，自己也想來買些東西，於是躲著不讓二人看見，觀察了二人一陣子。第二次看到，則是在被徵召快要出征的時候，所以應該是十六年的秋天。鶴二在阪急會館看完電影回家的途中，在元町的咖啡廳喝咖啡時，看到隔著兩、三張桌子坐著的村子，她正面朝向鶴二吃著蒙布朗蛋糕，旁邊有一個比村子年輕的女孩也吃著同樣的東西。村子說有這樣的事，那是名鹽的妹妹來玩時嗎，或者是有什麼事呢？她當然沒有被看到的記憶。那時只有鶴二自己認得村子，因此才有機會慢慢觀察她的動作舉止。

然而，鶴二卻說不覺得自己跟增吉的臉有任何相似，不知道增吉對自己的臉有什麼感覺？自己對增吉沒有任何感覺。讓村子介入兩者之間，感覺自己與增吉有著某種關聯。換句話說是透過村子這面鏡子，才讓二人的臉看來相似，從村子而來的反射之中，鶴二看到自己的臉同時也看到增吉，大概是這樣子吧。依筆者推測，增吉說的「覺得自己的姿態被投射（在鶴二之中）」，大體上的感覺相似。而村子的丈夫增吉，比鶴二更先感覺到。不過，唉，這麼細微曖昧的心理，在這裡推敲也毫無益處。鶴二不過是在訊問之際，被責問時才這麼解剖自己的心情，事件發展中並非有這麼明確的意識而有所行動。關於他捨棄橫濱來神戶的動機，或許是因為上述的潛在心理作用，而被拉過來。但本人並沒這麼想。

那一天經過增吉夫婦年糕紅豆湯攤位，出聲打招呼的鶴二，被問到「住在哪裡呢?」回答了「就在那裡!」

「那裡是哪裡呀?」

增吉重複問。

「那裡!」

鶴二指著不遠處的高架鐵路下的房子。

根據後來鶴二對村子所說,他那天並不是第一次看到增吉夫婦。實際上,兩、三天前他經過增吉夫婦店門前嚇了一跳,但因對方沒察覺到,自己不好意思厚臉皮靠近,於是猶豫著,之後終於下定決心靠過去。他說的「那裡」並指著的家,是從三宮站到元町站之間高架鐵路下的市場,現在已發展成繁華的商店街,並排著的主要是販賣纖維製品的店舖,然而在當時盡是奇怪的食物攤。鶴二住宿的便是其中的一間店,似乎是既有簡單西餐也有中華料理的店。他為什麼會住在那一家呢?從橫濱到神戶的那天晚上,因為夜已深,準備進去填飽肚子,詢問送餐來的小女生,這附近有可以住宿的地方嗎?因為這個緣分和在櫃台記帳,五十歲左右的老闆聊了起來。操著朝鮮口音的老闆詢問鶴二過去的經歷,聽他說回到日本的時日尚淺,當下是為求職而來,今夜苦無住宿等等的話。就說兩、三晚可以的話,就住下來吧!又說沒有寢具等等,不過,身體躺下的地方倒有。這話固然是老闆的親切，但也因為知道鶴二懂得做菜，有著說不定可以請他在店裡工作的意思。鶴二被帶到那家店三樓的房間，上面就是火車和汽車行駛的頂邊。高架鐵路下方的拱形空間，被分隔成上中下三層，最上層是三層之中，面積最狹窄的地方。現在高架鐵路下的家都是這個樣子，一樓是店鋪、二三樓則是家人睡覺的房間或是用來置放東西。跟三樓相比，二樓多少還是寬大一些。一樓住別的商人或員工，有裁縫師、印刷師、紙箱製造業等各色手工業，瓦斯、水道、電燈、廁所等的設備非常齊全。而三樓非常狹窄，上下都不方便。因此，頂多當作倉庫使用，而且還是三合板隔間，人就睡在裡頭。鶴二睡的就是這樣像蜂巢的地方。

增吉夫婦與鶴二之間，究竟是誰先提起一同做買賣？在那之後的幾天，詢問村子和鶴二都不清楚。如果在以前有可能是增吉，但近年來他無論對什麼事都相當消極，不太可能是他提出的。因此，應該是其他二人之中的一人提出，哪一個都有可能。鶴二的個性並非單刀直入，尤其是在這種場合，他不可能拿出資本和持有物件，因此，似乎不會是提出共同經營建議的人，不過他善於迂迴讓對方知道自己的希望。說來是有天生受人疼愛、讓人寄予同情的人，鶴二就是這樣的人。他既不是美少年也不是美男子，甚至可以說是醜男，但有著讓人懷念的特質。他被娼婦看上，被外國船員的男同志追著跑，無疑也是擁有這種特質的關係。像流浪漢從橫濱到神戶飄然而來，能夠住進陌生人的家，也是一般人做不到的才藝。對於增吉夫婦也是從「有什麼我可以做的嗎？」開始聊起，讓對方把準備好的提案提出來。對於這件事，最積極的應該是村子，最穩當的看法是她率先提出的。她早就有想轉換成西餐店的意思，正因為丈夫的體力而猶豫著。這時碰巧出現是丈夫舊同事的男子，因此浮現了將他拉進來的想法，並馬上付諸實行。若不是這樣的話，那麼就是鶴二很快看穿她的念頭，而馬上拜託了對方。大概是這樣，關於這件事的推測就到這裡吧！

根據村子的記憶，三人洽談成功是在二十二年十二月上旬，買下目標的臨時木板屋則是在該月的十日，也是在那天夫婦離開尼崎，鶴二搬離高架鐵路下住進臨時木板屋。金錢的調度、證書的製作、物件的接收等手續，由村子一人負責，增吉不過是跟在後面做個見證人罷了。雖說是這樣，只用木板把四面圍起來，內部也沒隔間的六坪多土間裡，一對夫婦和一個單身男子要怎麼睡呢？在寬二帖左右連樓梯都沒有的空中二樓、就像鳥巢那樣掛在半空，鶴二爬上去將那裡當作自己的窩，夫婦倆在沒有地板的地面鋪上草蓆睡覺。當然這只是第一晚和第二晚，中間二樓緊急作好梯子後，夫婦選擇把鳥巢當作自己的寢室，鶴二在下面的地上將兩張桌子併在一起睡。之後三人夜間睡覺的位置，在這個臨時木板屋生活期間都沒有任何改變。

村子的鑽石，就如預估般的賣了五萬圓，購買臨時木板屋剩下的錢，就拿來購買營業必要的各種設備和物件，大致上沒有問題就不一一細述。終於掛上看板開始營業是在十二月二十日，奇妙的是，在隔天就要開業的前一晚，增吉少見的說出了「即使是這樣的店，要開始營業也要有店名才好！」想出一個不可思議的名字「恐龍軒」。

「Kyouryuukenn？」

鶴二不明白。

「嗯，有紀元前的動物叫恐龍吧？就是它！」

增吉說。

9

增吉想起恐龍這個字似乎沒有太大的理由。或許是從「龍亭」想起了龍，什麼時候記住那白堊紀的爬蟲動物，說不定是剎那間在腦中浮現的吧。腦子留下了在書上看過那種動物的奇怪姿態，結果在這時候意外地跑了出來！村子搬到臨時木板屋幾天後的某晚，她在半夜醒來，察覺到應該睡在旁邊的丈夫不見了，仔細一看，丈夫從二樓走下去，點亮了鶴二睡覺旁邊的桌上電燈，一隻手拿著香菸，另一手在木板上認真寫字。

「你在做什麼呢？」

她從二樓出聲，卻沒有人回答，太專心了！她下來一看，增吉在三合板的木塊上用藍漆寫著「恐龍軒」。

「你在做什麼？」

「我在寫看板。」

丈夫這麼說著，也沒有轉頭看向村子，當時「龍」字寫完正要寫「軒」字。直書的店名，一筆一畫細心書寫的粗大文字，他在一個字上描了好幾次再寫，因此，要將「軒」字寫好花了五、六分鐘。接下來又在旁邊用黑漆開始橫寫英文：Kyouryuukenn Restaurant。

「你很少這麼認真的。」

「反正睡不著，打發時間呢！」

「已經三點多了，可以休息了吧！」

「嗯！」

「真的該睡了！你太累了呀。」

「好的！」

丈夫擱下筆，還是沒有站起身來，得意地看著自己寫的字，把菸圈吐向天花板。那面看板翌日很快被掛到門上。之後增吉似乎完全忘記了看板，夜晚也不會從二樓下來，睡不著時只會在床鋪上翻來覆去。大約一個月過後的某一晚，村子又一次察覺到丈夫在樓下的桌子上打開燈，不知又在做什麼？她下來一看，丈夫正在用白漆把一塊板子的表面塗掉。

「你做什麼呢？」

「改寫看板。」

這次是把底色塗成純白，在上邊寫字，但這並不容易。第一層白色漆，等它乾需要一天，第二層也需要一天，直到第三天晚上才能寫字，寫好則要兩個晚上。字寫好後，參考英文字典裡的恐龍插畫，開始畫畫。龍的部分塗上刺眼的蜥蜴色，是相當笨拙的畫作。這樣子全部完成需要一星期，桌子上擺著兩、三本不知從哪裡找來破舊的英文、和英袖珍字典。

增吉對什麼事情都不感興趣，對買賣也相當馬虎，倦怠至極，像這樣七、八天都熱衷於一件事，是從未有過的。因此村子印象深刻。可是丈夫為什麼對寫看板這麼大費周章呢？村子說即使到現在她也不知道理由。不可能只是因為看板引入注意，生意就會興隆，而且當事人似乎也不是這麼想的。結果也沒有一個正當的理由，只是隨意想起，一寫起來覺得有趣，所以欲罷不能，大概只能這麼推測了。最近他很少這個樣子，以前常有這種任性的習慣，村子甚至心想說不定這是個契機，丈夫能恢復到以前的健康情形？或許是個前兆也說不定。然而，看板寫完後，似乎很快就忘得一乾二淨，又恢復成那個失魂落魄，動不動就感到疲累，面孔憂鬱的丈夫。

關於增吉的身體狀態，村子沒有絲毫怠惰地勤於觀察，似乎沒有逐漸恢復的跡象。眩暈、脫毛、口內炎、牙齦出血、下痢等症狀，感覺比以前輕緩，可是現在頭髮稍一撥弄就掉落，有時口腔積滿唾液、吐出臭氣。只有食慾似乎增加了一些，手腳沒有消瘦得那麼明顯。村子到現在還鼓勵著丈夫，也沒有忘記拉他到醫院檢查白血球增多症和貧血症，可是，本人卻覺得麻煩，常常怠惰，每週一次變成一個月去一次甚至不去。

「反正去也是一樣。去看醫生，不是說好就是壞，也沒有治療的方法。」

「你這樣不行呀！為什麼自暴自棄？這樣本來治得好的也治不了呀！」

「不理它，好的時候到來自然就會好。只是那樣的時候似乎不會來。」

村子認真地想幫丈夫打氣，丈夫卻像蓋章一樣固定地回以嗤笑。

夜晚睡覺時丈夫的態度，自那之後大體上沒有任何改變，中間二樓三帖大的房間，夫婦的床鋪剛好塞滿。有時可以看到丈夫還是害怕妻子有什麼積極的動作，而一直警戒著。冬天更不用說，即使在盛夏睡覺時下半身也用毛毯裹得緊緊的。靜靜地連一個聲音也不發，以為是睡著了，其實大概是關了電燈在黑暗中醒著。村子也知道他在黑暗中似乎睜著眼睛。有時喉嚨發出咕嚕的細微聲，也有吞口水的聲音。一直翻來覆去或是嘆氣。

「睡不著嗎？」

村子問。

「嗯！」

經常只是這樣的回答。

「想事情啊？」

這麼說。

「沒有想什麼事。」

也是一個制式的回答。

對於村子在這段時間的心理狀態和生理狀態，筆者盡可能想知道得詳細一些，關於這點，村子沒有給我明確的回覆。例如，那一段期間她完全不挑逗丈夫了嗎？每天晚上睡在一起，像以往那樣爬到丈夫身上，或者硬把丈夫的嘴唇掰開，把自己的舌頭伸進去的行為，從那之後就沒有再做過嗎？問了她之後，她回答，不能說完全沒有衝動，偶而她有那樣的意思，即使自己靠過去，丈夫身體的四周飄散著讓人產生虛脫感，冰冷的沉澱物。無論是他身體的哪一部位，手只要接觸到的瞬間熱情馬上就會冷卻。她從能美島帶他回來的當下，焦急地想要挑起他的情慾，但是後來她像是被他的虛脫感附身似的，自己也逐漸不再感覺到那方面發作。本來她是受增吉影響變得多情，天生的體質並不是那麼強烈。因此，隨著丈夫對那件事的冷淡，自己也恢復到原來的冷靜。曾有一段時期，一旦衝動起來就迫不及待地想要進攻丈夫，自己也不知道節制。自己過去發瘋似的行動，現在回想起來宛如一場惡夢。再則，二十二年正月年糕紅豆湯店開業之後，丈夫幫不上忙，什麼事都非得要自己親自做不可，一整天工作下來，到了晚上因為過於勞累，無暇湧上妄念。累得只希望像條狗一樣睡覺。她這麼說明著那個時期的心境。筆者想到她健康結實的肌肉和厚實的胸部時，懷疑她真的沒被體內沸騰的東西所困擾嗎？這兩、三年真的能夠冷靜地過日子嗎？總之，她是這麼說的。

再則，這段期間野本鶴二與村子之間的關係，也有曖昧不甚了解的地方。夫婦與鶴二共同做事的商議，究竟是哪一方先提出來的呢？正如前述，「問村子也問了鶴二兩人都不清楚」；即使如此，村子從一開始就不討厭鶴二，這是確定的。說是三人，然而實際工作的卻是村子與鶴二。如果村子討厭他，共同經營就沒辦法成立。關於這點，筆者幾次質問村子是以何種心態接受鶴二成為夥伴。她回答沒有特別深的考慮，丈夫處於有氣無力的狀態，再者，沒有廚師幫忙就開不成，所以想要拜託他，只是這樣而已。可是，一旦拉鶴二進來，將會產生三角關係是可以預料的。這樣的顧慮難道三個人都沒有嗎？她回答：「丈夫和鶴二心中怎麼想，我不知道，但二人看來都沒有那樣的顧慮，我就更不用想了。」她說，當時一心一意只想著怎麼賺錢，沒有別的心思，因為有這個必要，所以拉鶴二進來，如果鶴二對她有奇怪的動作，她的想法或許會改變。那麼她沒有幾分以性的眼光來看待鶴二嗎？她回答，沒到「性趣」的程度，但如果對他感覺不好或許不會拉他進來，對於這點倒沒否認，不希望對於這點有過多的解釋，漠然地面對鶴二的好感，可以說沒有特別意識到是男性或女性。

然而，增吉與妻子沒有性生活已經長達兩年以上，將妻子置於那樣的狀態與男性第三者共同生活，他不會感到不安嗎？以普通的常識來思考，這是多麼奇怪的情況？從丈夫看來，妻子處於最容易犯錯的狀態，增吉對於這點完全沒有危機感嗎？即使村子她自己沒有性方面的煩悶，丈夫沒有考慮到或許存在著那樣的危機嗎？在筆者一再追問之下，村子回答：「依照常識或許會是這個樣子，但是我們夫婦的關係已經不是普通狀態，這點希望您能考慮進去，處於虛脫狀態的丈夫，不僅自己對性欲毫無興趣，對他人的那方面也毫不關心，我有理由相信他不會忌妒或懷疑。」又說：「而且我知道丈夫從以前就堅信我的貞操，那方面從未懷疑過，所以不用掛念。丈夫或許是太相信我，他看來甚至缺少嫉妒的情緒。」我接著說，說不定增吉對自己性能力的恢復已經感到絕望了，從那時候內心就希望妻子與鶴二接觸，而她暗地裡也感受到了不是嗎？她回答：「我始終沒有感受到丈夫有那樣的意思，我是過了很久，從丈夫口中流露那樣的問題時才開始感到異樣。」

筆者屢次在訊問時，讓村子與鶴二對質，當時談話間，村子常稱呼鶴二為「鶴桑」，而鶴二叫村子「姐姐」。筆者問，是從什麼時候開始這麼稱呼的呢？二人都回答，不記得是從什麼時候開始，很自然地就這麼叫了。剛開始彼此互稱「鶴二桑」、「太太」，不到兩、三個月之間就變成「鶴桑」、「姐姐」，是鶴二先叫姐姐的，不久，村子也改叫他「鶴桑」。開始經營恐龍軒時，鶴二是二十九歲、村子二十四歲，儘管她比鶴二年輕五歲，鶴二依然叫她「姐姐」，或許因為她是大哥增吉的太太的關係。即便不是這樣，鶴二也有稱呼年輕女性為姐姐的習慣，喜歡異性把自己當作弟弟來對待（以前習慣叫增吉「今里君」，最後則改口叫「哥哥」）。

二十二年年底開業的恐龍軒，其經營狀態意外地不錯。雖然沒到繁盛的程度，但每個月很少有赤字，五萬圓本金很快就賺回來了，二十三年、二十四年整整兩年間有了一些儲蓄。鶴二與增吉夫婦最初約定共同經營而不是僱傭關係，所以利益當然也要分享，鶴二對這方面相當淡然，因此未發生過摩擦。談好的分配比率是七三分，增吉和鶴二的記帳與結算完全委託村子處理。到了月底，鶴二接過村子遞給他的錢，常常這麼說著：

「姐姐！給這麼多好嗎？」

關於廚房的工作，增吉有時會翻一下鍋子，但那是他心情好的時候，算不得數。因此，幾乎都由鶴二負責。另外還雇用了一個小女生。

如果村子和鶴二的陳述可信，恐龍軒的時代大致就是這情況，沒有什麼特別值得記載，一切都很平凡。[36]

36 譯註：谷崎潤一郎因為右手疼痛，而未能完成〈殘虐記〉，谷崎過世後，這篇小說收錄在他的全集中。

美食俱樂部

1

美食俱樂部會員喜愛美食的程度，恐怕不輸他們對美色的喜好程度！他們是懶惰蟲的集合，除了賭博、玩女人、吃美食之外，沒有任何工作。尋求怪異、稀有的食物風味，就跟發現美女一樣是他們最感到驕傲、得意的事。如果有能做出這樣味道、有才能的廚師——甚至天才廚師，即使要拿出足以獨占一流美妓的金錢，或許他們也要聘他為自家廚師。他們一貫的主張是「藝術有天才，料理也一定有天才」，怎麼說呢？根據他們的意見，料理是藝術的一種，至少他們感覺比起藝術、音樂、繪畫、更能感受到藝術的效果。他們飽足美食——不！光是聚集到擺放各種美食的桌子周圍的一剎那——感到像在聽傑出的、管弦樂的興奮與陶醉，靈魂就升上天，心情美到極點。他們不得不認為，美食給予的快樂，不只是肉體的喜悅，包含靈魂的喜悅。本來，惡魔似乎跟神有著相同的權力，因此，不限於料理，所有肉體的喜悅，到達極端後，其喜悅說不定是一致的……

他們每一個人都為了美食而煩惱，長年捧著個大肚子。當然，不只是肚子，由於體內的脂肪過多，雙下巴和粗胖的腿，皆有著適合拿來做東坡肉的油脂。他們之中有三人罹患糖尿病，幾乎所有會員都撐大了胃。其中也有得了盲腸炎瀕臨死亡的人。但是，由於無聊的虛榮心，或是抱著無論如何都要忠實所遵奉「美食主義」的動機，沒有人害怕生病。即使內心害怕，也沒人擁有脫離俱樂部的骨氣。他們對彼此開著玩笑打趣道，「我們會員，將來都會罹患胃癌而死吧！」他們就像為了讓肌肉柔軟又豐厚，被關在黑暗中、餵食美味飼料而大吃特吃的鴨子。肚子被餌食填飽的時候，說不定也是他們壽命結束的時候。直到那個時刻來臨之前，即使飽脹的腹部已經讓他們打起了嗝，也會日夜不停地吃，繼續活下去。

2

由於是這樣的怪咖集結，因此會員只有少少的五人。他們只要有時間——時間隨時都有，因此，幾乎是每天——白天聚在他們的家、俱樂部樓上，大概是在賭博。賭博的種類包括紙牌、豬鹿蝶、橋牌、拿破崙、撲克……，幾乎用盡所有方法來賭錢。他們對於這些賭博技術都相當嫻熟，難分高低，皆是高竿的賭徒。賭博贏來的錢到了晚上就充當宴席費用。夜間的會場，有在會員家的時候，也有移到城中料理店的時候。

然而，即使是城中的料理店，他們對東京街上有名的料理店大抵都吃膩了。赤坂的三河屋、濱町的錦水、麻布的興津庵、田端的自笑軒、日本橋的島村、大常盤、八新、浪速屋……，談到日本料理店，像這些地方不知道已經去過幾次，最近沒什麼稀奇的了。「今晚吃什麼呢」這件事，是他們從早起開始唯一掛心的事。即使他們白天在賭博，彼此還會為了晚上的料理而煩惱。

「我今晚想喝鱉湯。」

有人在勝負的間隙發出像呻吟的聲音，在想不出好主意正傷腦筋的其他夥伴之間，強烈的食慾如雷電般瞬間傳開，大家像是忍不住一樣地馬上表示贊同。從那一刻開始，他們的表情、眼神充斥了賭博之外的另一種異樣的、猶如惡鬼的貪婪、強烈的光輝。

「鱉湯啊！鱉湯喝個痛快？……只是東京的料理店鱉湯能喝得痛快嗎？」

於是有人擔心地自言自語。儘管這自言自語是放在嘴裡小聲述說的，卻讓好不容易燃起的旺盛食慾大為沮喪，打牌的那股手勁自然也沒了。

「喂！東京不行呀！搭今晚的火車出發到京都，去上七軒町的圓屋，這樣明天的午餐就可以喝鱉湯喝個痛快。」

一個人突然提出這樣的動議。

「好啊！好啊！到東京或哪裡都行！想吃，說出口了就不能不吃。」

這時他們的愁眉才得以舒展，感覺到更強勁的食慾從胃底衝上來。為了喝鱉湯搭夜班火車衝到京都，明天晚上帶著裝滿鱉湯的大肚子，心情愉悅地搭乘夜車搖晃著回到東京。

3

他們的醉興越來越激烈，為了吃鯛魚泡飯跑到大阪，為了吃河豚奔赴下關，想念秋田名產雷魚的味道，遠征北國吹雪的都市。漸漸地，他們的舌頭對於平凡的「美食」感到麻痺，無論喝什麼、吃什麼已經找不到他們預料的興奮或感動。日本料理當然是吃膩了，就連西洋料理，除非是到本家的西洋，否則一開始就知道底細，最後剩下的就連中國料理——號稱世界上最發達、最富變化的中國料理，對他們來說也像喝水那樣沒意思、無趣。如此一來，這些傢伙為了滿足腸胃，比對父母的疾病更加煩心。因此，他們的擔心或不快活，當然更是非比尋常。其中一個原因就是，出自想發現什麼傑出美味，讓會員們驚嘆的「功名心」，所以頻頻在東京尋找好吃的店，就像喜好骨董的人會為了挖掘稀奇物品，遍訪所有怪奇的骨董店一樣。會員之一吃了銀座四丁目夜店的今川燒後，得意地向其他會員宣布那是現在東京最好吃的東西，誇耀著自己發現的功勞。又有一人吹噓每晚十二時左右，到烏森的藝者屋町攤販所賣的燒賣，是天下第一美味。其他會員，都被這樣的報告引誘前去品嘗看看，結果都是發現者自己想太多，舌頭出了問題。實際上，他們因為對食物的固執，每個人的性情似乎都逐漸改變。即使譏笑他人的發現，然而自己找到有點稀奇的食物時，無論好吃不好吃，就會先感動莫名。

有一次他們的對話如下：

「無論吃什麼都無法覺得很特別，這麼一來除非找到很了不起的廚師、開發新食物，也別無他法。」

「找尋天才廚師？或者對創造出真正讓人驚嘆的料理者贈送獎金呢？」

「可是，像今川燒和燒賣那樣的東西再怎麼好吃，也沒有給獎金的價值呀！我們要求適合更大規模的盛宴，色彩豐富的東西。」

「也就是希望是料理的交響樂。」

所以，美食俱樂部大概是怎樣性質的聚會，眼下是什麼狀態，從上述內容中，我想各位讀者大概可以了解了吧！為了接下來的故事，作者先寫下這些「前言」。

4

G伯爵在俱樂部會員中，是財力最雄厚、時間最多、富有奇特想像力與機智、最年輕而領悟力又最強的貴公子。由於是少數五個會員組成的俱樂部，因此沒有特別決定會長，但因為俱樂部的會場設在G伯爵宅邸樓上，那裡就成了他們本部，由於這層關係，伯爵自然是俱樂部幹事，地位有如會長。因此，伯爵想發現什麼傑出料理、想嘗試美食的苦心與焦慮，比其他會員強過一倍，在這裡無須重複。再加上，其他會員對平素比誰都具創造之才的伯爵，寄託著最大的希望。如果有人可以獲得獎金，會員們期待的就是伯爵。既然可以提供獎金，他們心底不禁祈求伯爵可以研發了不起的料理方法，引導大家沉滯至極的味覺到達幽玄微妙的恍惚境界。

伯爵腦中經常浮現，「料理的音樂，料理的管弦樂」這句話。

這是讓肉體舒爽，靈魂得以升天的料理——就像人們聽了會狂舞、狂舞到死的音樂——越吃越無法停止的美味纏繞在舌頭上，最後連胃被撐破了還是不能不吃的料理，伯爵心想要是能做出這樣的料理，自己也可以成為傑出的藝術家。幻想力豐富的伯爵腦中，各種有關料理的、荒唐無稽的幻想，不斷浮現又消失。不論是醒時或睡著，伯爵盡是做著食物的夢。……醒來定睛一看，黑暗中似乎冒出很好吃的白煙。那是想著都不得了的味道！像餅烤焦了的味道、烤鴨的味道、豬肉的油香味、韮蒜洋蔥的味道、牛肉鍋的味道、強烈的芳香、甘甜味道混在一起從煙霧中飛升上來。黑暗中仔細一瞧，煙裡有五、六種物體吊掛著。一種分不清是肥豬肉或蒟蒻，總之白而柔軟的塊狀物顫動著。每一次顫動，濃稠如蜜的汁液搭搭地掉落地面。掉落處已堆積成一塊茶色猶如糖果的黏稠物正發著光。在它的左邊，則是伯爵未曾見過的，像是蛤蜊的大顆貝類。

5

貝類的殼頻頻開闔。迅速從它大張開的縫隙中看到，不是蛤也不是牡蠣的奇異貝肉，在貝殼中蠕動。……貝肉上邊的黑色部分似乎很硬，下方有著像痰一樣的白色黏稠物。在它黏稠的白色表面，看起來像是刻出奇怪的皺褶。剛開始像梅乾的皺紋，但逐漸深入，最後整體被咬住，吐出像紙屑般硬硬的東西。但轉瞬間從貝肉兩側不斷冒出泡沫，很快像棉花隆起的整個貝殼內盡是泡沫，連貝肉也看不見了。……伯爵以為正煮著貝呢，同時間像煮蛤蜊，甚至高於幾倍的甜味衝著伯爵的鼻子而來。泡沫一個接一個破了，溶解變成汁液，沿著貝殼邊緣冒出熱熱的煙流向地面。有著汁液流下痕跡的貝殼中，冒出不知何時變硬的貝肉，圓形物體就像供奉的麻糬。它比麻糬柔軟，像泡在水中的絹豆腐左擺右搖。……G伯爵心想那大概是貝柱吧！貝柱很快就變成茶色，處處出現裂痕。

不久，排列在那裡的無數食物，同時開始翻轉。承載那些東西的地面突然往上隆起；因為實在太大了而沒有察覺到，看起來像地面的地方其實是巨人的舌頭，那些食物胡亂地進入了口腔裡。

不久，與舌頭相對應的上下齒列，有如山脈從天地之間推上推下悠悠然出現，舌上的東西啪啪地被壓碎了。

被壓碎的食物變成流動物，像長出東西的膿，在舌上黏稠潰散。舌頭來回舔拭口腔四壁，有如赤紅的蠕動、伸縮。流動物不時往喉嚨咕嘟嚥下。儘管已經嚥下，仍有被咬碎的細小塊狀物在齒縫或蛀齒裂洞間糾纏或重疊卡著。這時牙籤出現了，把那些殘渣一一挑出往舌頭上推進。這時剛剛從喉嚨嚥下的東西，因為打嗝反而向口腔湧出。舌頭為了流動物再次蠕動。嚥下、再嚥下，無論多少次仍持續地打嗝中。

6

G伯爵驟然醒來，夜晚暴食的中國料理中的鮑魚清湯，在接連的飽嗝終於喉間節節叫喚。

連續十晚做這樣的夢後的某一晚，如同往常在俱樂部的房間品嘗並不稀奇的饗宴之後，會員們在火爐周圍炙烤便便大腹，大家一副疲倦的面容抽著菸。伯爵悄悄離開會場，飄然來到外頭散步。話雖這麼說，散步不只是為了消化。伯爵聯想到這陣子所做夢境的啟示，覺得不久的將來自己必然會發現了不起的料理。因此，他預感今夜如果到外頭逛逛，會在某處碰到那樣的東西。

那是寒冬的夜晚將近九點鐘，伯爵逃出駿河台宅邸內的俱樂部，戴著橘色中折帽，穿著有著羔羊毛衣襟的厚駱駝外套，柱著象牙把手的黑檀拐杖，依然不時地嚥下打嗝所帶上來的東西，毫無目的的往今川小路方向下來。路上行人雖然眾多，伯爵對那裡並排的雜貨店、針線鋪、書店，乃至於行人的表情、服裝等事物瞧也不瞧。相反的，經過了即使再小的小吃店，伯爵的鼻子就像惡犬般敏銳。我想東京的人大概知道，從今川小路往駿河台的方向走兩、三百公尺，右側有一家叫中華第一樓的中國料理店。

伯爵來到它前面時停下腳步，鼻子抽動。（伯爵的鼻子相當靈敏，根據聞到的味道直覺判斷，大概就知道料理水準）很快就放棄了，又揮動拐杖慢慢往九段的方向走去。

這時，穿過小路正準備往人煙稀少的濠端暗巷走時，兩個中國人咬著牙籤迎面跟伯爵擦肩而過。正如前述，伯爵不看路人只在意吃，平常應該不會注意這些中國人，但擦肩而過的剎那，紹興酒味撲鼻而來，於是他突然回過頭看向對方的臉。

「哎呀，他們吃了中國料理。這麼看來，附近或許有新的中國料理店。」

伯爵這麼覺得，一邊撇著頭。

那時，伯爵耳中傳來遠處不知在哪裡演奏的中國胡琴聲，黑暗中聽來哀戚、悲慘。

7

伯爵一直豎耳傾聽，在牛淵公園附近的城邊暗處待了一會兒。胡琴的聲音不是從遠處夜晚燈火明亮的九段那邊傳過來，聽了好多次確定是從一橋方向，人跡稀少、氣氛死寂的片側町巷弄深處，在如凍結般的冬夜寒空中顫慄，如吊瓶伊軋的高亢、像針般尖細、斷續的嘎吱嘎吱聲音，現在也不絕如縷傳來。不久，那嘎吱嘎吱的聲音達到絕頂，像氣球破裂嘎然停止的下一個瞬間，至少有十個以上的人同時喝采拍手的聲音，從近處意外傳入伯爵耳中。

「他們在舉行宴會，席間吃著中國料理。不過究竟是在哪裡呢？」

——掌聲繼續了好一陣子。一旦快停止時，不知是誰又啪啪啪開始拍起來，像幾隻鴿子被誘導般同時拍翅，眾人又一起拍手。像大波浪眼看剛退潮突然又湧了過來。在奔湧過來的波浪間，胡琴像小鳥吞了飛沫啼叫，重新拉奏起新的旋律。伯爵的腳自然往那個方向前進了兩、三百公尺。應該是橋頭稍前，沿著某宅邸牆壁往左彎曲的巷弄盡頭。一看，在眾多門戶緊鎖的人家當中，只有一戶三樓木造西洋樓燈火通明。胡琴與掌聲無疑是從三樓傳出來的，露臺後面玻璃門關著的室內，許多人圍著桌子似乎饗宴正酣。G伯爵對音樂——特別是中國音樂沒有任何知識和興趣；然而，站在露台下傾聽胡琴之際，那不可思議的奇妙旋律，宛如食物的味道刺激起他的食慾。他的腦中，隨著音樂的節拍不斷聯想起自己所知的中國料理色彩和味道。胡琴的弦發出了像女人喉嚨被掐住的尖銳聲音，不知為何，它讓伯爵想起龍魚腸的火紅色澤和刺激舌頭的強烈味道。接著忽然一轉，像被淚濕的濁音那樣，粗而鈍重、綿延不絕的平穩調子，這次想像到的是，那濃稠得怎麼舔都舔不盡、味道源源不絕滲透到舌根的紅燒海參。最後如同突然降下的霰一般的拍手聲，所有中國料理的珍饈佳餚全部浮現眼前，連同杯盤狼藉的碗盤、魚骨頭畫著凋謝蓮花的杯子、被油脂弄髒的桌巾都在伯爵腦中清楚地描繪出來。

8

G伯爵好幾次用舌頭舔著嘴唇，吞了許多口水。想吃的慾望從腹部蠢蠢欲動，已經受不了了。自忖整個東京沒有不知道的中國料理店，這一家店是什麼時候跑出來的呢？總之，今夜自己被胡琴聲音吸引找到這裡來，無疑是某種因緣。即使只是這樣的因緣，這家店的料理也值得一試。依照自己的直覺，這一家有自己未曾經驗過的稀奇料理——這麼想的同時，伯爵剛還塞得飽飽的胃囊，突然就凹下去，拉扯著下腹部的皮膚催促著。有如想搶首功的武士站在陣頭那樣，某種不可思議的身體顫抖襲擊了伯爵全身。

因此，伯爵怯怯地想打開那一家店的門走進去。讓人意外的是，竟是從裡邊上了鎖，門關得緊緊的。不僅如此，在那之前伯爵一直以為是家料理店，把手放在門把上的伯爵，此時才發現門柱上掛著看板「浙江會館」。看板是極舊的白木板，似乎歷經長久風吹雨打的墨色文字，有點模糊。不過，大大寫著像中國人豪邁的筆跡。只關心食物的伯爵，沒注意到看板文字也是正常的。的確，稍加注意建築物外型，應該可以了解那不是間料理店。如果是在神田或橫濱南京町的中國料理店，店頭會吊著豬肉、整隻烤雞、海蜇皮、蹄筋，入口的門會一開始就敞開。然而，如前所述，樓下面對馬路的大門、房門、窗戶都關得緊緊的。再者，那不是玻璃門，而是塗了漆的鐵門，因此完全看不清室內的樣子。熱鬧的只有三樓，二樓的窗戶也同樣漆黑。門口的正上方走廊邊，亮著昏暗的燈光，稀微照耀著看板文字。與看板相對的門柱上則裝有按鈴，名片大的白紙上寫著「Night Bell」的英語，和「有事請按鈴」的日語。然而，儘管伯爵再怎麼憧憬這家中國料理，也沒有按鈴看看的勇氣。「浙江會館」，可能是住在日本的浙江籍貫中國人的俱樂部吧！因此也不能唐突進去，加入宴會中的成員。伯爵這麼想著，把臉執拗地緊貼鐵門上。

9

看來廚房靠近入口，蒸籠冒出的蒸氣從鐵門縫隙間，傳出食物的香味。那時伯爵覺得自己的臉大概像蹲在廚房門口木板之間的貓，虎視眈眈瞄著洗手台的魚。如果能化成貓，悄悄闖入這家店把全部盤子舔個精光。可是現在即使後悔沒生為貓也沒有用。伯爵惋惜地咋舌「嘖」，順便用舌頭舔了舔嘴唇四周，悔恨地從門邊離開了。

「有什麼方法可以讓我吃到這家的料理呢？」

從樓上傳來紛如雨下的胡琴聲與掌聲，伯爵仍不死心，在巷子裡踱來踱去。其實，伯爵想吃這家料理的慾望，從發現這裡不是料理店開始就燃燒得更加熾烈。因為那不只是單純在意外的地方發現意外的美食，讓會員們發出驚嘆的功勞而已。尤其，那裡是浙江省出身的中國人俱樂部，在那裡他們完全按照家鄉的風俗，吃著純中國式料理，似乎陶醉在音樂之中——這件事越發激起伯爵的好奇心。實際上，伯爵至今從未吃過真正的中國料理。橫濱和東京的可疑料理，倒是吃過幾次，不過伯爵聽人說過，那些食物大致是使用便宜材料，用半日本化的方法料理出來，在中國吃的中國料理決不會那麼難吃。伯爵平常就認為真正的中國料理，才是自己美食俱樂部會員經常夢想、理想的料理不是嗎？因此，如果這家浙江會館過的是如他所推測的純中國式生活，那麼這家店正是伯爵的理想世界。在樓上的餐桌上，伯爵早就想創造的傑出藝術——值得驚嘆的味覺藝術，現在必定是燦然發光地並列著。隨著胡琴的伴奏，充滿歡樂與驕奢、莊嚴的味覺管弦樂，嘹亮的聲音擅於烹調材料的地方。每次聽到浙江省的名字，都讓他不由得想起當地因白樂天和蘇東坡而聞名的西湖湖畔，風光明媚的仙境，而且是松江鱸魚和東坡肉的原產地。

10

G伯爵頻頻動員味覺神經，在走廊下躊躇了大約三十分鐘之際，二樓階梯咚咚地似乎有人下來，不久一個中國人從鐵門中出現，步履蹣跚。大概醉得厲害吧，他搖晃走出馬路撞到伯爵肩膀。

說了句：「哎呀！」

接著用中國話道歉了兩、三句的樣子；他似乎很快察覺到對方是日本人，接著很清楚用日本話說：

「對不起！」

一看是位戴著帝大學帽，年近三十的粗胖學生。他雖然這麼道歉，但對於伯爵站在這個地方覺得非常奇怪，直瞪著看了一陣子。

「不，我才失禮呢！其實，我是非常喜歡中國料理的男子，味道實在太香了，我不禁著迷，從剛才一直聞著味道。」

從伯爵口中淡然說出這麼天真無邪、老實且真情流露的話，對伯爵而言是一大成功。這根本不是伯爵平常說得出的話，或許是伯爵的真心——世上少見的強烈慾望，上達天聽的結果吧！伯爵的說法聽來相當可笑，學生肥胖的腹部震顫，突然快活的笑出來。

「我說的是真的呀！吃好吃的東西比什麼都快樂。總之這個世界上沒有比中國料理更好吃的了。」

「哈！哈！哈！」中國人開懷大笑。

「……所以我去過東京所有的中國料理店，不久之前我想的是，自己真正想吃看看的，不是料理店的料理，而是像在這樣只有中國人聚會的場所，純粹的中國料理呀！怎麼樣？雖然是厚著臉皮的拜託。今晚可以讓我加入吃這裡的料理嗎？我是……」

伯爵說著邊從皮夾裡拿出一張名片。

二人的問答不知何時引起樓上客人的注意，接連五、六個中國人到這裡來圍住伯爵，其中也有將鐵門半開從縫隙露出臉的人。暗黑巷弄走廊下，突然被室內強烈燈光照射，燦然亮光中浮現出伯爵穿著厚外套的堂堂風采，充滿油光的紅臉頰。滑稽的是，周圍多位中國人，大家都跟伯爵一樣營養過剩、油光滿面，同樣笑嘻嘻。

「可以，請進吧！可以讓您吃很多中國料理。」

這時，有人從三樓探出頭來，以奇怪聲音說著。鬨然大笑聲與掌聲，同時在樓上、樓下的中國人之間響起。

11

「這裡的料理很好吃，跟一般餐廳的料理大不相同。好吃到連下巴都要掉下來！」

接著從圍著伯爵的一群人當中，又有一個男子慫恿地說：

「哎呀，你不用客氣，上來吃吧！」

最後聚集的每一個人，由於酒醉帶著幾分趣味，圍在伯爵四周，你一言我一語地猛吐酒氣。

伯爵有些倉皇失措，感覺宛如在夢中，跟他們一起陸續進入房屋。從外頭看的時候，漆黑鐵門內側的房間裡，電燈燦然亮著，燈罩上附著玻璃珠串。右側架子上並列著青梅、棗子、龍眼乾、佛手柑的瓶瓶罐罐，它旁邊吊著帶皮的大塊豬腳和腿肉，皮毛去得乾淨，看來像女人肌膚，柔軟、潔白又有光澤。架子對面盡頭的牆壁上掛著石版印刷的中國美女畫。那裡有一個小窗戶，大量的煙霧和味道從窗戶飄進來瀰漫著並不寬大的整個房間。究竟是否如伯爵想像，窗口前方就是廚房呢？伯爵對著這些東西只是瞧了一眼，就被帶到連接門口處一座很陡的梯子，隨即登上二樓。二樓的結構頗為奇妙。走到梯子盡頭，細長的走廊沿著一邊的白色牆壁展開。走廊的另一邊與白壁相對，以塗藍漆的木板牆圍著。木板牆高不足六尺，當然比天花板又矮個兩、三尺，長約三個房間吧！每個房間都開著一道小門。三道門的內側掛著有煞風景滿是汙垢的白木棉簾子，感覺像是戲院的後台。恰好伯爵上來走廊時，中央那扇門的布幕搖晃，一名年輕女性從中探出頭來，臉蛋圓滾滾、膚色白得不自然、瞳孔大、鼻子短，就像可愛的日本狆。她皺著眉頭看向伯爵，歪起嘴唇露出金色假牙的齒列，啐地吐出西瓜種子，馬上又把頭縮進去。

「這麼狹窄的家裡，為何用木板隔成這麼多間？布幕中的女人在做什麼呢？」

伯爵馬上被帶往三樓的階梯，連思考這些事的空閒都沒有。

12

在這之間，樓下廚房的煙霧，跟著伯爵爬上像煙囪的狹窄樓梯，擠在三樓房間的天花板上。伯爵爬到那裡之前被煙霧籠罩著，甚至覺得自己會不會先被做成中國料理？而籠罩在三樓室內的，不只是廚房的煙，還混雜香菸、香料、水蒸氣、二氧化碳種種東西，使得那裡的空氣像白霧一樣混濁，連人臉都辨識不清。伯爵從黑暗、清靜的外面巷子一下子被拉到這裡來，最初引起他注意的就是這混濁的空氣，與異樣悶熱的人類氣息。

帶領伯爵到這裡來的一群人中，一個男子大辣辣向前，故意用日本話說。

「各位！現在我向在場的各位介紹G伯爵。」

伯爵「終於」意識到，才一脫下帽子和外套，馬上有五、六隻手從左右伸出來，搶也似地不知把衣物收到哪裡去了。接著一個男子拉著伯爵的手，帶他到某張餐桌前。那裡跟二樓不同，是間打通的大房間，中央排著二張大圓桌。每張圓桌大概坐著十五、六個客人，他們正朝著放在桌子正中央的大碗，用湯匙、筷子伸入碗中夾取料理。另一邊桌上放著的大碗，伯爵偷瞄了一眼，看到像是黏土融化、極為黏稠的湯汁，沒錯，是用整隻乳豬煮出來的湯。外形還有乳豬原來的形狀，從皮下跑出來的東西則完全不像豬肉「半平」[37]那樣軟綿。再者，皮和肉都被煮得軟如果醬，湯匙伸進去就像小刀似地輕易把肉舀起來。眼看著湯匙從四面八方跑出來，豬的原形一塊塊從邊緣開始潰散，有如被施了魔法。另一邊桌上放著的顯然是燕窩。客人頻頻把筷子伸入碗中從湯汁裡夾起像瓊枝的黏稠燕菜。不可思議的是，泡著燕菜的純白湯汁。除了杏仁茶之外，他從未在日本的中國料理中見過這麼白的湯。如果到了中國，聽說有種叫「奶湯」的牛奶湯，伯爵心想那才是真正的奶湯不是嗎？

13

伯爵被帶到的不是那些桌子的旁邊。這間房間裡沿著兩側牆壁另外還設有像寺廟坐禪堂的席位。那裡的許多中國人或圍著四處設置的紫檀小桌子，或坐在地板上，或坐在鋪有絲織品的蓆子上，有人用黃銅抽水菸，有人用景德鎮的茶碗喝茶。他們每個人用慵懶的眼神恍惚地望著餐桌上的擾攘，大家的表情極為放鬆，一副想睡覺的樣子，

37 譯註：魚肉山芋丸。

默不作聲。此外，在他們之中看不到臉色不佳、蒼白、無精打采的模樣，每個人都儀表堂堂、體格良好，有著精神充沛的臉，只是最重要的靈魂好像出了竅一般茫茫然地。

「哈！哈！這些傢伙剛剛吃太飽了，現在正在休息。看看那朦朧的眼神，看來真的吃太多了。」

其實，對伯爵而言，沒有比朦朧的眼神更令人羨慕的了。他們隆起的腹部，就像那整隻豬燉湯的樣子，沒有骨頭內臟什麼的，只有塞得滿滿的好吃東西不是嗎？要是戳破那肚皮，從裡邊流出來的也不是血和腸子，而是像碗裡的黏稠中國料理。從他們滿足至極、慵懶的表情可以推測，即使他們的肚皮被戳破也無所謂，他們還是會悠哉悠哉坐在那裡。以伯爵為首的美食俱樂部的會員，到目前為止也會有吃膩的時候，可似乎從未體驗過像坐在這裡的中國人表情中所流露出的巨大滿足。

伯爵飄然經過他們的面前，他們只是瞄了伯爵一眼，沒有人對這位稀客感到訝異或歡迎。

對他們來說，即使連「這日本人怎麼來這裡」的疑問浮上腦海都會覺得麻煩。

帶領伯爵的中國人拉著他的手，到倚著左側牆壁的某位紳士之前。這個紳士當然是吃了過多食物的傢伙之一。他張著像是廢人的無意義瞳孔，茫茫然抽著菸。

14

那名紳士因為肥胖看來相當年輕，一般認為將近四十歲。似乎是聚在這裡的會員當中的年長者。其他人都穿著洋服，只有那名紳士穿著栗鼠毛皮襯裡的黑繻子中國服裝。然而，與其說伯爵被他的紳士風貌吸引，不如說被他左右的兩個美女吸引。一個穿著青瓷色帶深綠色的粗豎條紋上衣，同樣花紋的短褲，淺桃色的絹襪子，配上輕巧銀絲繡的紫色棉緞鞋子，小腳丫剛好套入。她坐在椅子上，右腳擱在左邊膝蓋上，小小的像是放在女孩懷裡的荷包，好可愛！從額頭正中央一分為二的烏黑頭髮，像簾子般垂到眉毛，後邊只看到一丁點像米糍子的耳朵，琅玕耳環搖晃著散發青光。剛剛聽到的音樂大概是這個女人演奏的吧！她膝上放著胡弓[38]，套著腕環的左手抱著弓的樣子，就像辨財天[39]。女人的臉晶瑩剔透如玉，微凸的眼睛有著碩大的黑色瞳孔，加上與鼻子不同方向挺翹的紅豔厚唇一帶，洋溢著一種異樣如謎之美。而最美的是她的齒

38 譯註：日本的一種弓弦樂器，與三味線相似。
39 譯註：日神話中七福神之一，司音樂、財富之女。

列，上齒與下齒合在一起，有時會露出齒齦，她頻頻用牙籤往右上顎的犬齒之間掏，只讓人覺得她是為了炫耀驚人的細緻齒列。另一個女人臉型有點長，然而，她的美麗並無二致。衣襟別著珍珠胸飾，或許是穿著繡有牡丹花樣的暗褐色衣服的關係，膚色顯得特別白。她也一樣想誇耀牙齒，拿著牙籤往嘴裡剔的右指，戴著黃金指環上掛了五、六個鈴。伯爵來到那裡，兩個女人突然轉向旁邊，與紳士似乎交換了眼神。

「這位是陳會長！」

男子拉著伯爵的手，同時介紹了那位紳士。接著以很快的中國話，加上有趣的肢體動作，跟會長說些什麼。會長不置可否，只有眼睛眨一眨，似乎聽得快打哈欠了，不久，終於有一點笑容。

「您是G伯爵吧！這裡的人大家都醉了，對您失禮了。你喜歡中國料理，可以來享用呀！不過這裡的料理，不是很好吃。而且今夜廚房已休息了，真是太不巧了。歡迎下次聚會的時候再來！」

會長說話的語氣，絲毫提不起勁。

15

「不！不必為了我特別準備什麼料理，其實，我有個非常厚臉皮的請求，讓我吃各位剩下的食物就行了，不知道可不可以？」

伯爵這麼說著，如果對方露出稍微寬大的態度，他其實更想直接像乞丐那樣低聲下氣。一眼看過餐桌樣子的伯爵，要是連一湯匙的料理也吃不到，實在無法離開這裡。

「雖說是吃剩下的東西，您看到的那些傢伙都是大肚量，大概很難有剩下的吧！而且給您吃剩下的東西也很失禮。我以會長的身分絕不允許有這麼失禮的行為。」會長不高興地皺眉頭，對著站在旁邊的中國人不知在罵些什麼？接著嘲笑似的瞄了伯爵一眼，以下顎粗暴地指使那個男子。大概是說，「趕快把這個日本人趕出去吧！」中國人悻悻地似乎想辯解，但會長態度傲然，只從鼻孔噴出一大口氣之後就完全不理會他。

伯爵突然回過頭一看，兩個服務生高高捧著新的大碗羹湯，正要往中央餐桌送過去。圓形、淺底、像大水盤的瓷器大碗，米黃色湯汁快滿溢出來，稍微揚起波浪，同時冒著煙。其中一個碗裡有著不知是什麼、像蛞蝓黏稠的茶褐色塊狀物，宛如泡在浴池中被燉煮。大碗一放到餐桌正中央，一個中國人站起來舉起紹興酒杯，於是，圍著餐桌的所有人一同站起來舉起酒杯。這個動作一結束，湯匙、筷子爭先恐後地殺向大碗。伯爵屏住呼吸看著這一幕，感覺喉嚨深處的骨頭或什麼部位發出咕嘟咕嘟的聲響。

「實在對不起！會長無論如何都不答應。」

挨罵的中國人說著搔搔頭，悻悻然帶伯爵往房間的出口去。

「都是我們不好，我們都喝醉了，胡亂把您拖到這個地方來。會長不是壞人，不過，是個囉嗦的男子。」

16

「哪裡，是我給您增添不必要的麻煩。會長怎麼都不答應吧！這麼盛大的宴會就在眼前，實在太可惜了。會長不允許就一定不行嗎？」

「是的！因為這個會館一切都在他的權力範圍之內……」

中國人說著還環視了一下四周，似乎擔心其他人聽到。二人走到外邊的走廊，來到階梯往下處。

「會長不答應一定是懷疑您吧！說什麼廚房已經休息了，那是謊言。您看那裡，廚房還在準備料理呀！」

的確，香噴噴的味道依然從階梯下方飄上來。鍋裡似乎還在炸東西，咻咻的聲音交雜著啪嘰啪嘰的油蹦聲，聽來像南京煙火般猛烈。走廊兩側牆壁上還黑壓壓地掛著一堆外套。絲毫沒有客人散去的跡象。

「會長一定認為我是可疑的人物吧，那也是當然。沒事跑到這條巷子來，在人家門前晃來晃去，要說讓人覺得可疑也是真可疑。連我自己也覺得奇怪，不過，這其中有種種理由，不說明清楚是不會懂的。其實，我們組織了美食俱樂部……」

「什麼？什麼俱樂部？」

中國人表情怪異地歪著頭。

「美食，美食俱樂部。The Gastronomy Club！」

「這樣子啊！我懂了，懂了。」

中國人說著，露出善意的微笑點點頭。

「就是吃好吃東西的俱樂部。這個俱樂部的會員都是一天沒吃到好吃的東西就活不下去的人，這陣子沒有好吃的東西，大家都無精打采。會員每天分頭到東京市[40]各處找尋好吃的東西，已經找不到什麼稀奇的東西了。今天我出來探尋好吃東西的時候，無意間找到這一家，我以為是一般的中國料理店，才進入巷子查看。是因為這樣的緣由，我絕不是什麼可疑的人。我是剛才遞給您的名片上寫的人。只是遇到食物，不知不覺就深深著迷，最後作出有違常識的行為。」

中國人仔細端詳了認真說明緣由的伯爵的臉一會兒，或許認為伯爵是瘋了也說不定。三十歲左右、高個子、儀表堂堂，像是酒醉了的櫻桃色雙頰光亮，看來是正直的男子。

17

「伯爵！我一點也不懷疑您。我們——至少今晚聚集在這樓上的人們，非常了解您的心情。雖然我們不叫美食俱樂部，我們聚在這裡其實也是為了吃美食。我們也跟

40 譯註：東京市在一八八九年成立，一九四三年被廢除，其範圍相當於今日的東京都區部。

您一樣是熱心的 gastronomia[41]。」

他說著不知想到什麼，突然用力握緊伯爵的手。接著眼角浮現似有深意的微笑，一邊說道：

「我也曾在美國、歐洲待過二、三年，了解世界上沒有任何地方擁有像中國料理那麼好吃的食物。我是極端的中國料理崇拜者。這並不是因為我是中國人的關係。如果您是真的美食家，關於這一點我相信您大概跟我有同感，應該是這樣的。吶！是這樣吧？您把您們俱樂部的事跟我分享，為了證明我絲毫不懷疑您，我也說說我們俱樂部——會館的情形吧！這間會館能夠做出不可思議的料理。現在您看到、擺在桌上的料理，不過是剛開始，真的只是 prologue[42]，在這之後才會端出真正的料理。」

中國人說著，偷偷看向伯爵的臉，似乎是想看對方對自己說的話有何反應。那些話或許只是為了刺激伯爵的食慾而故意說的。

「真的嗎？你不會用開玩笑來欺騙我吧？」

41 譯註：義大利語，美食家之意。

42 譯註：開頭，即前菜。

伯爵眼中不知為何露出狗準備爭搶食物時的激烈眼神。

「如果真的是這樣，我想再一次拜託您。告訴我到這種程度，還讓我空手而回不是太殘酷了嗎？請您再一次向會長說明我不是可疑的人。如果這樣還不能釋疑，我是不是美食家，也可以在會長面前測驗一下。不管是中國料理或什麼料理，到目前為止日本所有的東西，我都可以猜出它的味道。這樣就可以了解我對料理是多麼熱心。大家那麼討厭日本人，您不覺得可笑嗎？您說是美食的聚會，不過，不會是什麼政治性的聚會吧？」

「政治性聚會？不！沒有那一回事。」

中國人笑著淡然否定。

「不過這個會，（中國人在這裡停頓了一下，語氣突然變得嚴肅）對於G伯爵這名字我完全相信您——這個會，比起政治性的聚會，對於入場人選更為嚴格。在這間會館吃得到的美食跟一般料理不同。它的料理方法對會員以外的人是絕對保密的。

18

「……今夜聚在這裡的主要是浙江省人，不過並不是任何浙江人都可以入場。一切依照會長的意思。料理的品項、會場的設備、宴會的日期、會計，無論什麼都是依照會長的指示去做。這個會也可以說是會長一個人的會……」

「那麼這個會長究竟是什麼來頭？為什麼會長有這麼大的權力呢？」

「他是怪人，有了不起的地方，也有稍微糊塗之處。」

中國人這麼說之後像是有點猶豫，口中念念有詞。由於會場那邊相當吵雜，似乎沒人注意兩個人正站著閒聊。

「糊塗的地方是？」

伯爵這麼催促時，中國人臉上清楚出現後悔過於深入說明的表情。正猶豫著要不要繼續說，但他沒有法子只得吞吞吐吐說下去。

「他啊！很喜歡吃好吃的料理，因此，到了瘋狂或糊塗的程度。不！不只是喜歡吃而已，自己也非常擅長做料理。說到中國料理，材料已經非常豐富，只要經過他的手，任何東西沒有不能當料理材料的。所有的蔬菜、水果、獸肉、魚肉、鳥肉當然不用說，上自人下至昆蟲都是很好的材料。如您所知，中國人從以前就吃燕窩、熊掌、鹿蹄、鯊魚翅。然而告訴我們吃樹皮、吃鳥糞、吃人唾液的，恐怕是從這個會長開始，還有關於烹煮和火烤的方法，會長也發明了各種手法。因此，以往湯的種類只有幾十種，現在已經研發到六、七十種。其次更令人驚訝的是，盛料理的器皿。會長利用陶器、瓷器、金屬製作的器皿，碗、壺、湯匙，顯然也不只是食器。而食物也不一定會盛放在食器裡，有滑溜塗在食器外側；或者往食器上邊，像噴水一樣噴上去的。有時候甚至分不清哪裡是器具哪裡是食物。會長的意見是『不到那種程度，無法體會真正的美食』。」

19

「……說到這裡，會長準備的料理是什麼東西，您大概了解了吧？嚴格篩選出席人選的理由，您大致上也明白了吧！因為這樣的料理如果實際推廣到社會上，可能比吸鴉片更為可怕！」

「我再請問一遍，今夜這樣的料理要開始了嗎？」

「哎，是的！」

中國人做出被捲菸嗆到的動作，頻頻咳嗽，同時輕輕點頭。

「我明白了！您說的話我也不是想像不到。這樣的美食會，參加人選要比政治祕密結社更加嚴格是理所當然的。老實說，一直以來我對於美食的理想，就好像是會長的想法一樣。可是，如何才能實現理想的料理，我還找不到方法。會長了不起的地方在於他知道方法。不過，如果人選極為嚴格，並要求保密，為什麼不採取更少的人數呢？只是吃料理的話，一個人也可以不是嗎？」

「不！這是有理由的。會長說，料理這種東西，如果不是盡可能把多數人聚在一起舉行大宴會，不那樣做的話，就無法發揮真正的美味。因此雖然會長對於人選相當囉唆，但如果不邀集像今夜這麼多人來參加的話，他是不會同意的。」

「這跟我想法一樣。我的俱樂部只有會員五人。就人數來說，相比之下，今夜聚會的規模是多麼龐大呀！或許是太過想吃美食的關係，我一整年都做著吃美食的夢，今夜能夠進來這個會場，對我來說像是做夢一般。我日夜不斷憧憬的，其實就是遇到會長這樣的料理天才。您剛才說絲毫不懷疑我，無疑的是信任我才會跟我說這麼多事。相信您應該可以了解，我是多麼熱心料理的男子，所以，您能不能再進一步，再一次向會長推薦我呢？要是會長無論如何都不答應，縱使不能上桌，至少讓我躲在什麼東西後面觀看宴會的情形，可以嗎？」

20

G伯爵說話的語氣認真到，讓人不覺得只是對食物的商榷。

「那要怎麼辦才好呢？」

中國人大概完全醒過來了吧，非常為難地雙手交叉著思考。突然他把口中的雪茄扔到地板上，同時抬起頭來似乎下定什麼決心。

「我想對您表示最大的善意。您既然說了那麼多，我想就讓您見識一下宴會的光景吧！不過，要我介紹您跟會長認識，這是不可能的。說不定會長會以為您是刑警。不讓會長知道，悄悄看一下反而比較好。」

他說著話，一邊環視走廊確定沒人注意之後，突然伸出手用力往自己倚靠著的板門一推。於是，垂掛著一堆外套的板門其中一部分，無聲無息地慢慢往後打開，二人的身體也往後被硬拖進去。

是間四壁都用煞風景的壁板密閉起來的房間。兩側放著兩張老舊的長椅子。擺在枕邊的茶桌上，只放著菸灰缸和火柴，沒有其他設備和裝飾。奇怪的是室內瀰漫著一種異樣的陰森臭味。

「這個房間究竟是拿來做什麼的呢?有種奇妙的臭味。」

「您知道這個臭味嗎?這是鴉片。」

中國人不在乎地說,笑容相當奇怪。房間裡的一個角落擺著藍色燈罩的桌燈,從那裡發出朦朧、黯淡的亮光,在中國人的半邊臉上形成微暗陰影,面相完全變了樣。就連剛才讓人覺得很好、帶著天真無邪的眼光,現在感覺卻像是像亡國之人那種充滿頹廢與懶惰的表情。

「這是吸鴉片的房間?」

「是的。您恐怕是第一個進入這個房間的日本人。連雇用的日本傭人也不知道有這個房間。」

中國人似乎完全鬆懈下來、相當放心的樣子。他馬上在長椅上坐下,看來似乎相當習慣,他慵懶地躺著,用低而沉悶,好像吸鴉片時的夢中囈語般的口吻開始說。

「啊,鴉片的味道好濃啊。剛剛一定有人抽過。您看!這裡有一個小小的洞。從這裡可以把宴會的模樣看得一清二楚。來到這個房間的人,會從這裡觀看宴會的情況,陶醉在鴉片的安眠裡。」

21

作者有義務將G伯爵那晚從鴉片抽菸室的小洞中，看到的鄰室宴會模樣，在這裡做個詳細的報告。但該會會長嚴格篩選了參與宴會的人選，如果不能同樣嚴格篩選讀者的話，很遺憾不能這麼赤裸地發表宴會模樣。不過，依照當晚的目擊，我將向讀者報告，G伯爵平時的渴望獲得多大的滿足？還有後來伯爵對於料理的創意和才能，又有多大進步？——事實上，自從那件事以後，伯爵這位偉大的美食家，而且是偉大的料理天才，更加博得俱樂部會員們的無上讚美與喝采。不知情的會員們，沒有一位知道伯爵是從哪裡獲得這樣的美食傳承，對於伯爵仰賴什麼能夠一朝發現那樣的料理，更無不感到訝異。然而，聰慧的伯爵重視與那位中國人之間交換的約定，不僅沒有暴露浙江會館存在的祕密，還堅決主張那些料理是自己獨創的。

「沒有人教我，這完全是出自靈感。」

他這麼說著，感到相當自滿。

自那之後，美食俱樂部的樓上，每晚都依照伯爵的主意舉辦讓人驚訝的美食會。出現在桌上的料理，不僅大致和中國料理相似，其中更有一樣是至今沒有前例的食物。

隨著第一、第二、第三次宴會的重複進行，料理的種類與方法，越來越豐富且更加複雜。首先，是第一夜宴會的菜單，出菜順序如下：

清湯燕菜，雞粥魚翅，蹄筋海參，燒烤全鴨，炸八塊

龍戲球，火腿白菜，拔絲山藥，玉蘭片，雙冬筍

如此舉例，可能有人會貿然斷定這和中國料理沒有區別。這些料理的名字在中國料理中是多麼常見。剛開始看到菜單時，俱樂部會員們都認為「怎麼又是中國料理！」然而那不過是出菜之前的抱怨而已。怎麼說呢？不久後端上他們餐桌的東西，雖然大多是符合菜單預設的料理，但不僅味道不同，連外表都很不一樣。

22

例如其中的雞粥魚翅，既不是一般使用的雞粥也不是鯊魚的鰭。只是混濁、像是羊羹一樣不透明，融合著像鉛塊般厚重的純樸熱湯，滿滿飄蕩在大銀碗裡。大家受到

從碗中散發的濃郁香氣所刺激，爭先恐後把湯匙伸到碗裡，放進口中，令人意外的是，不僅口腔裡滿嘴都是像葡萄酒的甜味，而且絲毫沒有魚翅或雞粥的味道。

「你說這樣的東西好在哪裡？只不過是奇怪的甜味不是嗎？」

其中一個性子急躁的會員這麼說，似乎是生氣了！然而，就在那名男子的話快要說完時，他的表情逐漸變化，好像想到，或是發現了非常不可思議的事，驚訝地突然睜大眼睛。因為到剛才為止充斥在口中的滿嘴甜味，意外地有雞粥和魚翅的濃郁味道滲入舌間。

甜湯確實被嚥下了喉嚨，然而，湯汁的作用並沒有就此結束。而是在整個口腔裡瀰漫著像是葡萄酒的甜味，在味道瞬間變稀薄，還纏繞著舌根的時候，先前嚥下去的湯汁隨著打嗝又回到口腔來。奇妙的是打的嗝裡有魚翅和雞粥的味道。它跟留在舌頭的甘味混合後馬上發散出無法形容的美味。葡萄酒和雞粥與魚翅，一旦落入口中持續發酵，就會給人帶來鹽醃的感覺。第一次、第二次、第三次，隨著打嗝次數的增加，那個味道越來越濃厚、香醇。

「怎麼樣？不會那麼甜滋滋的吧？」

這時伯爵環視會員的臉，咧著嘴發出會心的笑容。

「各位不要以為需要品嘗的是湯汁甜味，我希望各位品嘗的是之後打嗝上來的東西。為了品嘗打嗝的味道所以吸收那些湯汁。就像我們這些經常吃過多食物的人，首先想去掉的就是打嗝的不舒服感。吃完之後讓人覺得不舒服的料理，無論味道再怎麼鮮美，都稱不上是真正的美食。在吃了更多食物之後，打嗝上來的味道更加鮮美，所以，我們才會不覺得飽，一直往胃裡塞東西。這道料理也不是什麼怪異的東西，但是因為這個理由，我想向各位推薦。」

23

「實在佩服！能夠發明這樣的料理，你確實有資格接受獎金。」剛才批評伯爵的男子，首先發出讚嘆聲。所有人都對伯爵的天才，更為敬慕。

「雖說這樣，這道不可思議的料理作法，不能向所有會員公開嗎？為什麼那麼甘甜的湯汁，打嗝之後會變成那樣？這對我們而言是永久的疑問。」

「不！請原諒我不能公開。我發明的東西如果只是單純的料理，身為美食俱樂部的會員之一，或許有義務將作法傳授給各位。可是這道菜與其說是料理，更正確地說是魔術，美食的魔術！既然是魔術，我想將這道菜的作法當作自己的權利予以保密。究竟是怎麼作出來的？只有憑諸位的想像，別無他法。」伯爵這麼回答後，像是憐憫所有會員的愚蠢而笑了。

然而，伯爵所謂的「美食的魔術」，並不是這樣就結束了。一道一道的料理，以完全不同的旨趣和匠心，從料想不到的方向襲擊著會員的味覺。味覺——光是這麼說或許不完整。老實說，會員們要運用他們所具備的一切感官，才能完全品嘗那些料理。他們不只是要用舌頭品嘗美食的味道，要用眼睛、鼻子、耳朵，有時還要用肌膚加以體會不可。極端的說，他們連身體都要完全變成舌頭。尤其像「火腿白菜」這道料理，就是最適當的例子。

所謂火腿就是一種醃製腿肉，白菜是像高麗菜，有著白色粗莖的中國蔬菜。這道料理依照慣例不會一開始就出現火腿或白菜的味道。順序猶如菜單所記載，在所有料理都出了之後，最後才品嘗這道菜。

這道料理被送上來之前，會要求會員先遠離餐桌達五、六尺以上，眾人分別站在餐廳四方。接著室內的電燈全部關閉。為了不讓絲毫亮光從任何小空隙洩漏出來，嚴格要求關閉窗戶和入口。房間裡漆黑到連眼前一寸都看不到的程度。甚至連一點細小聲音都不准有，在死寂般的黑暗裡，要求會員們默默站立三十分鐘左右。

24

請讀者務必好好想像，當時會員們的心情，直到那個時候為止，他們已經吃了過多的東西了。即使沒有讓人不舒服的打嗝，他們的胃也已相當膨脹。他們的手腳因為飽食的關係也充斥著倦怠感。身體的神經完全麻痺了，他們動不動就打瞌睡。突然被放進黑暗之中，經過長久站立後，他們一時變得遲鈍的神經，又變得尖銳了。「接下來會出現什麼？在這黑暗之中要讓我們吃什麼？」的期待，讓他們十分緊張，他們的力氣恢復了。當然，為了防止亮光連爐火都已經熄滅，因此房間的空氣逐漸變冷，睡意不知跑到何處去了？他們的眼睛在看不見東西的黑暗中，徹底清醒過來。總之，在下一道料理吃進嘴巴之前，他們已經完全被嚇住了。

當他們在這樣的狀態達到頂點時，不知是誰，聽到有人從房間角落悄悄走過來的腳步聲。那個人不是現在在場的會員，從無比冶豔的衣服摩擦沙沙聲響就能夠知道。透過輕柔、優雅的拖鞋聲音可以想像，那個人無論如何一定是位女性。不知道從哪裡，如何進入這個房間？那個人像是被關在籠子裡的野獸，從房間這邊到另一邊，走過會員們的鼻尖，默默往來了五、六次。這段時間大概持續了兩、三分鐘。

不久，轉向房間右側的腳步聲戛然而止，停在當場的一名會員之前。作者暫且將他命名為A，今後發生的事，都將以A的角度來說明。A之外的會員，直到依序輪到自己之前，暫時沒有什麼事發生。

A覺得剛剛停在自己面前的腳步聲主人，果真如想像的是一個女人。怎麼說呢？因為有著女性特有的髮油、白粉和香水的味，強烈衝著他的嗅覺而來。那味道向A身邊逼近，幾乎要令他窒息。女人跟他相對而立，臉都快碰到了。儘管這麼接近，因為室內太過黑暗依然看不見對方的樣子。因此，A除了靠視覺去感知以外別無他法。女人的前髮碰觸到A的額頭。女人溫暖的呼吸氣息吹到A的胸口。在這之間，女人冷而柔軟的掌心，像惡作劇似地來回撫摸A的雙頰兩、三次……。

25

A從手掌肉的隆起和手指的細柔，判斷這一定是年輕女子的手。然而，不明白那隻手是有何目的要撫摸自己的臉?最初是按住左右太陽穴用力按摩之後，接著兩隻手掌貼在眼瞼促使他閉上眼睛，慢慢按摩下來，像是要把眼球壓碎，接著逐漸往臉頰方向移動，開始摩擦鼻子兩側。左右手似乎都戴了幾只戒指，感覺到小而堅硬的金屬性冰涼——以上的手術（?）幾乎和臉部按摩沒什麼兩樣。在A乖乖地接受按摩的同時，那像是接受美顏術之後的生理快感，逐漸滲透到他的腦髓中心。

那種快感，馬上因為接下來更加巧妙的手技，而有所提升。撫摸完整張臉的手，最後捏著A的嘴唇，像伸縮橡膠一樣拉一下鬆一下。或者把手放在面頰上，從臉頰按揉臼齒附近，或在口腔的周圍按摩，用指尖在上唇與下唇的邊緣輕敲。接著指頭按住嘴唇的兩端，把唾液逐漸誘發出來，一直到整張嘴唇都濕漉漉的，用唾液塗抹在嘴唇四周。胡亂塗抹的指尖，一再摩擦上下唇間的縫隙。A雖然什麼都還沒吃到，但他在唇間已經感受到嘴裡都是口水。A的食慾自然變得非常旺盛。在口腔裡面催促美食的唾液，從他的臼齒後邊滾滾湧現，已經滿了。

A已經受不了了，口水快要滴下來的剎那，一直玩弄著嘴唇的那根指頭，突然深入他的口腔之中。接著在嘴唇內側和齒齦之間來回撫弄，最後逐漸侵入到舌頭這邊。唾液把五根手指緊緊纏住，分不清是手指或是什麼黏稠的東西。此時才引起了A的注意，儘管泡在口水裡的那些手指過於柔軟，讓人無法相信那是人體的一部分。五根手指頭全部伸進口中，照理說應該讓人很難受，可是A絲毫沒有不舒服的感覺。即使有些難受，就像大塊糕餅把嘴巴塞得滿滿的一樣。如果不小心碰到牙齒，感覺那些手指可能會被咬斷三、四根。

26

突然A感覺到舌頭上，以及自己黏著女性手指的唾液中，不知為什麼有奇妙的味道。唾液自己分泌出一絲絲的甘甜，又含有芳香鹽末的味道。唾液應該不會有這樣的味道，當然也不可能是女子手上的味道。A頻頻蠕動舌頭舔拭那個滋味。舔著舔著，無窮無盡的味道不知從何處分泌出來？最後把口中的唾液全部都吞下去，舌上怪異的液體，仍然像不知從什麼物體中搾取出來似地滴滴湧出。事到如今，A無論如何不得不承認那是從女人指縫間產生的事實。他的口中，除了那根手指，沒有任何從外部進來的東西。而且那隻手的五根手指頭從剛才就一直放在他的舌頭上。那些指頭附著的黏稠流動物，到目前為止的確讓人覺得是A的唾液。但指頭自己也會滲出像唾液的黏液，像流汗一樣慢慢滲出來。

A的舌尖依然繼續舔著手指，一邊想著：

「話雖如此，這個黏稠物質到底是什麼？這個湯汁的味道絕對是自己經驗裡所沒有的。可是自己為什麼會有嘗過這味道的記憶呢？」

哎呀，他想起那不是中國料理中火腿的味道嗎？老實說，或許他早該想到也說不定。因為兩者的搭配實在太意外，所以一下子沒能察覺。

「是的，顯然是火腿的味道，而且是中國料理之中火腿的味道。」

A為了證明這個判斷把味覺神經集中到舌尖，一再地撫摸、舔拭手指周圍。然而怪異的事情發生了，舌頭越舔手指的柔軟度就越大，就像蔥或什麼那樣軟軟的。A驟然發現那無疑是人類的手，不知何時變成白菜的莖。不！說變成可能不太適當。怎麼說呢？因為它雖然具有白菜的味道和質感，可是完全具備人類手指的形狀。現在在食指和中指上仍然和原來的一樣還戴著戒指。並且從掌心到手腕也完全連接著。是從哪裡變成了白菜？哪裡還是女人的手？它的分界線完全不清楚，就像手指與白菜混合形成的物質。

27

不可思議的不只是這些。在A思考這些事的時候，不知是白菜抑或是人手也分不清楚的物質，宛如舌頭開始在口腔裡蠕動起來。五根手指頭一根根動起來，有的往臼齒的縫隙間衝撞，有的在舌頭的周圍纏繞，或者往牙齒與牙齒之間前進彷彿快要被咬到。從「動」的這一點來看，再怎麼說無疑都是人的手；然而在它的動態之間，錯不了，越來越明顯暴露出這是植物纖維構成的白菜。A試著像吃蘆筍尾端那樣，先啃食它的前端看看，一咬下去馬上咬爛了，咬爛的部分完全化為白菜。而且是從未經驗過、富含甜味、水分飽滿，有如大塊蘿蔔那麼柔軟的白菜。A被那美味吸引不由得把五根手指的前端完全咬爛之後吞下去。然而，被咬爛的指尖不但絲毫沒有喪失手指的形狀，依然流出黏稠的汁液，白菜纖維纏繞在牙齒、舌頭上。咬爛、咬爛、再咬爛，任憑怎麼咬爛，手指上仍不斷生出白菜。……有如萬國旗從魔術師手中不斷地跑出來。

直到A對於美味白菜的渴望完全得到滿足時，從植物纖維產生的指尖，又變成真正人肉構成的手指。那五根手指頭把口中的殘渣掃除乾淨，往牙齒縫隙撒出像薄荷的清爽刺激物之後，乾淨俐落地逃出口腔之外。

這是夜宴的最後一道料理。根據上述兩個實例，大概能想像得到菜單中的其他料理是多麼怪奇的事物。這道白菜料理結束之後，暗黑的宴會場內打開了明亮的電燈。然而，讓人費解的手指女主人已經不見蹤影。

「今晚的美食會到此結束了！」

說著這句話的伯爵，注視著會員充滿驚愕的表情後，進行了簡短的散會致詞。

「我先前所說，今晚的美食不是普通的料理，是料理的魔法。不過，在這裡我要說明的是，自己並不是因為好奇而使用這樣的魔法。我絕不是做不出真正的美食而用魔法來唬弄各位。我的意見是，要做出真正的美食，除了使用魔法之外別無他法。」

28

「怎麼說呢？我們光用舌頭品嘗美食，早就嘗盡了各種美味。在所謂的料理範圍之內，能夠滿足我們的東西可說是一個也沒有了。我們為了讓自己的味覺更加愉悅，要大大擴張料理的範圍，同時為了享受它，我們自身的感官種類，也要盡可能的多種類、多樣式。同時，為了盡量提高美食的效果，在享受美食之前，有必要讓我們的好奇心充分集中在目的物上。我們的好奇心越強烈，對象物的價值就會越高。我的料理中所應用的魔法，主要就是要挑起諸位心中的好奇心。」

會員們丈二金剛，感到茫然，連一句話都無法回應，只能步出會場。

接著下一個晚上，第二夜的饗宴在同一個俱樂部的會場舉行。作者不打算一一列舉那一夜的菜單，只對其中最奇特的料理名稱和內容進行說明如下：

高麗女肉

第一夜的菜單，料理的內容暫且不說，名稱都是純中國料理。中國料理中絕不可能出現高麗女肉這麼奇怪的名字。本來，如果光是高麗肉，中國料理也不是沒有。所謂高麗，是中國料理中天婦羅（炸物）的意思，因此，豬肉的天婦羅普通被稱為高麗。可是稱高麗女肉，根據中國料理式的解釋，就非女肉天婦羅不可。

會員們從菜單上發現這道料理的名字時，他們的好奇心究竟被挑到多高，也就不難想像了。

這道料理既不是用盤子盛裝，也不是用碗裝的。那是用一塊漂亮、熱氣騰騰的大毛巾裹著的，做中國式仙女裝扮的美女，正笑得甜美，由三個服務生小心扛著送到餐桌正中央。她全身穿著莊嚴的綾羅衣服，乍看以為是精巧的白色緞子，其實，全部是由天婦羅的麵衣作成。這道料理，會員們只能品嘗附著在女肉外面的麵衣。

＊

以上的記述，是有關G伯爵的奇怪美食法，不過只能窺其片鱗而已。依據片鱗推測整體豐富多變的料理，而且伯爵的創造無窮無盡，無論作者如何逐一詳細記述每次的宴會，要了解全貌仍是不可能的。因此，不得已僅從第三次到第五次、第六次宴會菜單裡頭，羅列較為稀少的料理名稱。內容如下：

溫泉鴿蛋，噴水葡萄，咳唾玉液，雪梨花皮

紅燒唇肉，蝴蝶羹，天鵝絨湯，玻璃豆腐

賢明的讀者之中，我想許多人能夠推測出這些名字暗示了什麼內容的料理。總之，美食俱樂部的宴會，至今每晚還在G伯爵宅邸中舉行。最近，他們早就不是「品嘗」或「食用」美食，只能說是「瘋狂」。作者相信他們的命運距離發瘋或者病故已經不遠了。

國家圖書館出版品預行編目資料

人面疽：谷崎潤一郎短篇小說選 / 谷崎潤一郎作；林水福譯
一初版．- 臺北市：聯合文學，2023.11
232 面；14.8×21 公分．--（聯合譯叢；097）

ISBN 978-986-323-576-7（平裝）

861.57　　112018648

聯合譯叢 097

人面疽：谷崎潤一郎短篇小說選

作　　者／谷崎潤一郎
譯　　者／林水福
發 行 人／張寶琴

總 編 輯／周昭翡
主　　編／蕭仁豪
編　　輯／林劭璜　王譽潤
特約編輯／邱芊樺
資深美編／戴榮芝
業務部總經理／李文吉
發行助理／林昇儒
財 務 部／趙玉瑩　韋秀英
人事行政組／李懷瑩
版權管理／蕭仁豪

法律顧問／理律法律事務所
　　　　　陳長文律師、蔣大中律師

出 版 者／聯合文學出版社股份有限公司
地　　址／(110)臺北市基隆路一段 178 號 10 樓
電　　話／(02)27666759 轉 5107
傳　　真／(02)27567914
郵撥帳號／17623526 聯合文學出版社股份有限公司
登 記 證／行政院新聞局局版臺業字第 6109 號
網　　址／http://unitas.udngroup.com.tw
　　　　　E-mail:unitas@udngroup.com.tw

印 刷 廠／約書亞創藝有限公司
總 經 銷／聯合發行股份有限公司
地　　址／(231)新北市新店區寶橋路235巷6弄6號2樓
電　　話／(02)29178022

出版日期／ 2023 年 11 月　初版
定　　價／ 390 元

ISBN 978-986-323-576-7（平裝）